템페스트

이 도서의 국립중앙도서관 출판예정도서목록(CIP)은 서지정보유통지원시스템 홈페이지(http://seoji.nl.go.kr)와
국가자료공동목록시스템(http://www.nl.go.kr/kolisnet)에서 이용하실 수 있습니다.
(CIP제어번호: CIP2009003142)

세계문학전집
006

William Shakespeare : The Tempest

템페스트

윌리엄 셰익스피어 지음
이경식 옮김

문학동네

일러두기

이 책의 등장인물을 포함한 인명, 지명, 작품명 등 고유명사는 가능한 한 실제 영어 발음에 가깝게 표기하는 것을 원칙으로 하였다. 그 외에는 국립국어연구원의 외래어 표기법에 따랐다.

차례 █

등장인물

알론조 ⋯ 나폴리의 왕

시배스천 ⋯ 알론조의 동생

푸로스퍼로 ⋯ 밀라노의 적법한 대공

앤토니오 ⋯ 푸로스퍼로의 동생이자, 형의 지위를 찬탈한 밀라노의 대공

퍼디넌드 ⋯ 알론조의 아들

곤잘로 ⋯ 정직한 노대신

에드리언, 프랜시스코 ⋯ 귀족들

캘리밴 ⋯ 미개한 기형의 노예

트린큘로 ⋯ 어릿광대

스테퍼노 ⋯ 만취한 하인장

선장

수부장

수부들

미랜더 ⋯ 푸로스퍼로의 딸

에어리얼 ⋯ 공기의 정령

아이어리스
시어리즈
주노　　　정령들
님프들
추수자들

기타 푸로스퍼로를 시중드는 영들

장소: 바다에 떠 있는 배 한 척. 후에는 무인도.

1막

1장

바다 위, 배의 갑판: 요란한 천둥 번개 소리가 들려온다.

선장과 수부장 등장.

선장 수부장!

수부장 여기 있습니다. 선장님. 어떠십니까?

선장 선원들에게 일러. 빨리 손을 써야지, 좌초당하게 돼. 빨리 움직
여요, 빨리.   (퇴장)

수부들 등장.

수부장 어, 여보게들. 열심히 하게, 열심히! 빨리, 빨리! 중간 돛을 내

려라. 선장의 호각 소리를 경청해라. 불어라 바람아, 그대가 터질 때까지, 배를 넓은 바다로 끌어낼 수만 있다면.

알론조, 시배스천, 앤토니오, 퍼디넌드, 곤잘로, 기타 사람들 등장.

알론조 수부장, 조심해서 하게. 선장은 어디 있는가? 사내답게, 용감히 하게.

수부장 제발 내려가 계십시오.

앤토니오 수부장, 선장은 어디 있나?

수부장 선장의 말이 들리지 않습니까? 당신네들은 우리 일을 망치고 있습니다요. 선실에 붙어 계십시오. 당신들은 폭풍을 도와주고 있어요.

곤잘로 이 사람아, 그러지 말고 좀 진정하게.

수부장 바다만 잔다면야! 물러가십시오. 이 파도들이 왕의 이름 따위에 관심 있는 줄 아시오? 선실로 가시오! 조용히 해주시고! 우릴 성가시게 하지 말라고요.

곤잘로 이 사람아, 하지만 배에 누가 타고 있는지는 기억해야지.

수부장 내 몸보다 더 귀중한 것은 없습니다. 당신은 대신이시니, 이 폭풍과 물결에 대해서 잠잠해지도록 명하여 평온하게 만든다면 저희는 더 이상 밧줄을 다루지 않겠습니다. 당신의 권위를 한번 써보시지요. 만약 그렇게 할 수 없으시면 지금까지 산 것만도 감사히 여기고 만약의 불운에 대비해 선실에서 준비하고 계십시오. 여보게들, 어서들 해요— 비켜달라니까 그러시네. (퇴장)

곤잘로 이 친구를 보니 위안이 되는군. 이자는 물에 빠져 죽을 신수는 아니라고 생각된다. 관상은 완전히 교수형감이거든. 운명의 여신이여, 이자를 교수대에 보내는 것을 고수하라. 그의 운명의 밧줄이 우리의 닻줄이 되도록 하여라. 우리 자신의 밧줄은 별 도움이 안 되므로. 만약 그가 교수형을 당할 팔자가 아니라면 우리의 처지는 비참해지느니라.   (모두 퇴장)

수부장 재등장.

수부장 중간 돛을 내려라! 빨리! 더 내려, 더 내려! 큰 돛만 달고 배를 바람 따라 몰아봐라. (안에서 소리친다) 염병할 울부짖음 소리! 폭풍보다도 또 우리가 하는 일보다도 더 요란스럽군.

시배스천, 앤토니오, 곤잘로 재등장.

또 오시오? 이번엔 무슨 일로 오셨소? 이제 그만 다 포기해버리고 빠져 죽을까요! 그래, 바다에 빠지고 싶소?

시배스천 빌어먹을 놈의 혀! 이 소란스럽고 불경한 인정머리 없는 개 같은 놈!

수부장 그럼 당신들이 한번 해보슈.

앤토니오 이 교살당할 개 같은 놈아, 이 창녀의 자식 같은 놈, 무례하게 떠드는 놈 같으니라고. 우리는 너보다는 물에 빠져 죽는 것을 덜 두려워한다.

곤잘로 저자는 절대로 익사하지 않소. 비록 이 배는 호두 껍데기보다

　　도 튼튼하지 못하고, 단단치 못한 처녀처럼 물이 새긴 해도.

수부장 배를 바람 방향으로 돌려라! 앞돛과 큰돛, 두 돛을 달아라. 다

　　시 바다 쪽으로. 해안가를 벗어나도록 배를 저어라.

수부들이 흠뻑 젖은 채 등장.

수부들 이제 끝이오! 기도하십시오, 기도! 모두 끝이오!　　　　(퇴장)

수부장 그래 싸늘하게 죽게 되었단 말인가!

곤잘로 왕과 왕자께서 기도를 올리고 계십니다. 그분들의 기도에 동

　　참하십시다. 우리나 그분들이나 한가지 운명이니 말이오.

시배스천 난 참을 수 없어요.

앤토니오 우리는 주정뱅이들에게 완전히 목숨을 사기당했어요.

　　이 턱 넓은 놈 ― 물속에 잠겨서

　　조수에 열 차례쯤 씻겨볼 텐가?

곤잘로　　　　　　　　　　　그자는 역시 교살당할 운명이오.

　　바다 전체가 그렇지 않다며 아가리를 벌려 그놈을 삼키려고 덤

　　벼도 말이오.

　　(안에서 아비규환의 소리) '저희에게 자비를 베풀어주소서!' '갈라

　　진다, 갈라져!' '처자식들이여, 잘 있어라!'

　　'형제여, 잘 있어라!' ― '갈라진다, 갈라져!'

앤토니오 임금님과 더불어 우리 모두 같이 가라앉읍시다.

시배스천 우리 임금님께 하직 인사를 올립시다.

(앤토니오와 시배스천 퇴장)

곤잘로 수만 길의 바다보다는 차라리 한 에이커의 메마른 땅이 더 좋
겠다. 히스나 갈색 가시금작화가 자라는 불모지라도 좋다. 하늘
에 계시는 신의 뜻대로 되어지이다! 하지만 난 육지에서 죽고
싶은 마음 간절하다.　　　　　　　　(모두 퇴장)

•

2장
섬. 푸로스퍼로의 오두막 앞.

푸로스퍼로와 미랜더 등장.

미랜더 아버지, 만약 아버지가 요술로 이렇게 바다를
파도로 들끓게 하셨다면 잔잔하게 만드세요.
하늘은 바다가 하늘의 뺨에까지 솟아올라 불을 끄지 않는다면
악취 나는 역청을 내리쏟을 것 같아요.
오! 저 고통 겪는 사람들을 보고는 저도 아팠어요. 찬란한 배,
저 배에는 필시 높으신 분들이 타고 있을 텐데,
그 배가 부딪쳐 산산조각이 났어요. 아! 그 외침의 소리가
바로 저의 가슴을 쳤어요. 가련한 영혼들, 그들은 파멸했어요.
만약 제가 어떤 능력의 신이었더라면
저는 바닷물을 땅속으로 빠져버리게 해서,
그것이 그 훌륭한 배와 거기에 타고 있는 영혼들을

삼키도록 하지 않았을 거예요.

푸로스퍼로 진정해라.

놀랄 것 없어. 별일 없을 거라고

네 인자한 마음에게 일러라.

미랜더 아, 애달파라!

푸로스퍼로 별일 없다.

내가 한 일은 오로지 다 너를 위해서다.

내 사랑하는 딸 너를 위해서야.

너는 네 신분을 전혀 모르고 있다.

아비가 어디에서 왔는지도 모르고

또 내가 이 보잘것없는 오두막의 주인 푸로스퍼로보다는

더 훌륭하다는 것을 모르고 있다.

미랜더 그 이상을 알고

싶은 생각이 한 번도 나지 않았어요.

푸로스퍼로 그 이상을

너에게 알려야 할 때가 되었단다. 네 손을 좀 빌려다오.

그리고 내 마술 옷을 벗겨. 그렇게. 됐다.

(자신의 망토를 내려놓는다)

나의 마술이여, 거기에 누워 있어라. 눈물을 닦아라.

진정하여라, 난파의 참혹한 광경이 너의 진정한

동정심을 자극했구나. 한데 나는 내 마술로

모든 것을 다 마련했기 때문에 한 사람도―

아니 머리카락 하나도― 네가 본, 울부짖다가 바닷속으로

가라앉은 그자들은 다치지 않았단다.

앉아라. 네가 더 알아야 할 일들이 있다.

미랜더   아버지는 종종

제 신분을 말씀하기 시작했다가도 멈추곤 하셨어요.

저의 물음도 소용없게 '기다려라, 아직은 때가

아니다'라며 끝내셨어요.

푸로스퍼로   그때가 이제 왔다.

이제 너의 귀를 크게 열 때가 된 것이다.

귀 기울여 주의해서 들어라. 넌 우리가 이 오두막으로

오기 전을 기억할 수 있겠느냐? 그럴 수 있으리라고는

생각하지 않지만. 그때 넌 세 살도 채 못 된

때였으니 말이다.

미랜더   그렇고말고요, 전 기억할 수 있어요.

푸로스퍼로 무엇으로? 어떤 집, 어떤 사람을 통해서?

무엇이든지 네 기억에 남아 있는

그 모양을 말해보아라.

미랜더   아련해요.

꿈과 같은 것이기도 해서

확실한 기억은 못 돼요.

한때는 제가 네다섯 여인의 시중을 받지 않았나요?

푸로스퍼로 그랬단다. 미랜더야, 더 여럿이었지.

하지만 그것이 어떻게 기억에 남아 있지?

지난 시간의 어두컴컴한 심연 속에서

너는 그 밖에 또 무엇을 볼 수 있느냐?

여기 오기 전의 어떤 일이라도 기억한다면

네가 이곳에 어떻게 왔는지도 넌 알 수 있을 텐데.

미랜더 그렇지만 기억나지 않아요.

푸로스퍼로 12년 전이었다, 미랜더야. 12년 전이었어.

네 아비는 밀라노의 대공으로

막강한 군주였지.

미랜더 당신께서는 저의 아버지가 아니신가요?

푸로스퍼로 네 어머니는 모범적인 정숙한 여인이었다.

그 사람이 네가 내 딸이라고 했단다. 너의 아버지는

밀라노의 대공이었으며 그의 유일한 후사는

공주, 암, 공주로 태어났지.

미랜더 오, 저런!

무슨 흉측한 농간 때문에 저희가 이곳으로 떠나왔나요?

아니면 떠나온 것이 축복받은 것이었나요?

푸로스퍼로 내 딸아, 둘 다, 둘 다였다.

거기서 우리가 몰려난 것은 네 말대로 흉측한 농간 때문이었지만

이곳에 올 수 있었던 것은 축복받은 일이었다.

미랜더 저런! 전 기억에는 없지만

아버지께서 저 때문에 겪었을 슬픔을 생각하면

가슴에서 피가 흘러내려요. 말씀을 더 계속하셔요.

푸로스퍼로 나의 동생이며 너의 숙부가 되는 앤토니오는—

잘 들어두어라. 친동생이 이렇듯 진실치 못할 수도 있을까!—

너 다음으로는 내가 이 세상에서 가장 사랑한 사람이어서

그에게 난 국가의 행정을 맡겼구나. 우리나라는

그 당시에 모든 나라 중에서 제일가는 공국이었고

푸로스퍼로는 일등 대공이었다. 위엄과 인문학에 명성이 높아

비교할 자가 없었다. 학문을 쌓는 데만 전념하느라

행정을 동생에게 맡겨버리고 나는 점차로 국사에서 멀어지고

나만의 사사로운 연구에 몰두, 매료되었다. 그릇된 너의 숙부는—

내 말을 듣고 있느냐?

미랜더　　　　　　　　　네, 아주 주의 깊게요.

푸로스퍼로　소청을 허락하는 법이며, 그것을 거절하는 법이며,

누구를 승진시키고, 앞서 올라가려면 누구를 견제해야 되는지를

일단 철저히 배운 다음에는 나의 부하들을 바꿔치우거나

새로 임명하였다. 관리와 관직의 열쇠를 갖게 되자

그는 국가의 모든 중심인물을 자기 마음대로 갖다 앉혔다.

그리하여 그는 내 군주의 몸을 가리는 담쟁이가 되어

나의 생명의 진을 빨아먹었다. 너 듣고 있지 않구나!

미랜더　아녜요, 아버지. 듣고 있어요.

푸로스퍼로　　　　　　　　　부탁이다. 잘 들어라.

이렇게 속세의 목적들에 소홀한 채 나는 두문불출하며

연구와 그것에 의한 마음의 연마에 온 심혈을 기울였다.

이 일은 공사로부터 그처럼 떨어져 있어야 한다는

점만 빼면 백성들의 평가 이상의 가치가 있을 것이다.

하지만 이는 좋은 어버이의 경우처럼,

동생의 마음속에 그릇된 사심을 일깨워놓았다.

신임은 오히려 속는 원인이 되어, 동생에 대한 나의 큰 믿음은

그것과 꼭 같은 정도로 큰 배신을 배태하였다.

실제로 나의 신임은 한정이 없었다. 나의 신뢰는 끝이 없었다.

나의 세입뿐만 아니라 기타 나의 권력이 짜낼 수 있는

재산으로 군주의 권력을 장악하게 된 그는

마치 같은 거짓말을 여러 번 되풀이해 말함으로써

자신의 기억력을 진리에 대한 죄인으로 만드는

즉 자기 거짓말이 거짓말임을 잊어버리는 사람과 같이

진짜 대공이 된 듯이 믿었고, 나의 대리로서

모든 권한을 가지고 군주의 기능을 행사하였다.

여기서부터 그의 야심이 점차로 커지면서—

너 듣고 있느냐?

미랜더   아버지의 이야기는 귀머거리의 귀도 뚫어놓을 거예요.

푸로스퍼로 앤토니오는 그가 맡은 역과

그 대역을 위임해준 사람 사이의 장벽을 제거하여

명실공히 밀라노의 대공이 되려 했다. 가련하게도,

내게는 서재만도 충분히 넓은 군주의 영토로 생각되었단다.

그는 내가 이제 속세의 왕국을 다스릴 능력이 없다고 여겼다.

그는 권력에 목이 말라서 나폴리의 왕과 흥정하여

그에게 연공을 바치고 그에게 신하의 예를 다하고

자기의 보관을 그의 왕관에 예속시키고,

아직 한 번도 굽힌 적 없는 공국을—아, 불쌍한 밀라노여!—

치욕적으로 무릎 꿇게 하였다.

미랜더   하느님, 맙소사!

푸로스퍼로   그가 맺은 조건과 그 결과를 들어보아라.

그리고 그것이 아우가 할 짓인지 말해보아라.

미랜더   할머니가 고매하지 않으셨다고

생각한다면 제가 죄를 짓는 것이겠고, 하지만 훌륭한

태내에서도 나쁜 아들들이 나오는 법이지요.

푸로스퍼로   이제는 그 조건에 대하여.

이 나폴리 왕은 나의 숙적이 되기 때문에 내 동생의

청을 들어주었다. 즉 그는 동생이 약속한 신하의 예와,

얼마인지는 모르지만 그가 바치는 조공의 대가로

나와 나의 가족을 공국에서 즉각 파멸시키고, 아름다운 밀라노를

모든 명예와 더불어 동생에게 넘겨주도록 하였단다. 이리하여

반역의 군대를 모집하고 거사하도록 정해진 어느 날 자정에

앤토니오는 밀라노의 성문을 열어주었고, 죽은 듯 고요한 밤에

그 졸개들은 나와 울고 있는 너를

순식간에 그곳에서 쫓아냈단다.

미랜더   아, 가엾어라!

저는 그 당시 어떻게 울었는지 기억이 안 나지만

다시 그때의 울음을 울겠어요.

눈물을 자아내는 일이네요.

푸로스퍼로   좀 더 들어라.

그런 다음에 우리가 현재 당면한 일들을 너에게 알려주겠다.

이에 관한 언급 없이는 이 이야기가
별 의미가 없단다.

미랜더　　　　　　　　어째서 그자들은
그때 저희들을 죽이지 않았어요?

푸로스퍼로　　　　　　　　　　너, 그거 참 잘 물었다.
내 이야기를 들으면 그 질문이 나오게 되지. 얘야, 그자들은
감히 그렇게 할 수는 없었단다. 내 백성들의 나에 대한 사랑이
그 정도로 컸던 것이다. 그자들은 감히 피를 흘리는 짓으로
자신들을 더럽힐 수가 없었던 것이야. 그래서 그자들은
결국 그들의 추악한 목적을 곱게 색칠하였던 것이다.
간단히 말해서 그자들은 우리를 쪽배에 태워 재빨리 바다로
몇 리그쯤 끌고 갔다. 거기에는 다 썩어빠진 통나무배가
한 척 준비되어 있었다. 그것은 삭구(索具)도 없고
고패도, 돛도 돛대도 없는 배였다. 쥐들마저도 본능적으로
그 배를 떠나 있었다. 그자들은 우리를 배에 태웠다.
우리는 우리에게 으르렁거리는 바다에 대고
외치는 신세가 되었고, 바람을 향하여 한숨 소리를 내었으나
바람의 동정은 그 한숨을 되돌려줄 뿐
그 이상이 되지 못하였다.

미랜더　　　　　　　　아아, 그때 저는
아빠에게 얼마나 애물이었을까!

푸로스퍼로　　　　　　오, 너는 천사였다!
나를 지탱해준 천사 말이다. 너는 미소를 지어

하늘에서 내려온 듯한 참을성을 나에게 불어넣어주었단다.

그때 나는 소금같이 짠 눈물로 바다를 장식할 뿐이었고,

무거운 걱정의 짐 밑에서 신음만 하고 있었단다.

너의 미소는 나에게 참아내겠다는 결심이 생기게 해주었고

앞으로 무슨 일이 생기든 견뎌내겠다는

각오를 하게 하였다.

미랜더   우리가 어떻게 상륙할 수 있었나요?

푸로스퍼로 하느님의 섭리에 의해서였지.

우린 식량도 좀 있었고 마실 물도 좀 있었다.

그것은 고상한 나폴리인인 곤잘로가

동정을 베풀어 우리에게 챙겨준 것들이다.

이 사람은 그때 그 음모의 주역으로 임명되었던 것이다.

값진 의류, 내의, 피륙, 일용품 등도 받았는데

그것들은 이후에 큰 도움이 되었다. 마찬가지로

그는 내가 책을 좋아하는 것을 알기 때문에 친절을 베풀어

내가 나의 공국보다도 더 값지게 여기는 책들을

내 서재에서 뽑아다 주었다.

미랜더   그분을 한번 뵐 수만 있다면

얼마나 좋을까요!

푸로스퍼로   이제 일어나보련다. (망토를 다시 입는다)

넌 그대로 앉아서 우리의 바다 위 고난의 마지막 부분을 들어라.

우리는 이 섬의 이곳에 도착하였다. 여기에서

나는 너의 교사가 되어, 헛된 시간이 더 많은

다른 왕손들보다도 더 많은 혜택을 주었다. 개인지도 교사인들
나보다 더 세심한 주의를 기울이진 못했을 거다.

미랜더 아버지께 하느님의 보상이 있기를! 그런데 알고 싶어요.
아직도 저의 마음이 쿵쿵 울리고 있어서 그런데
이 폭풍을 일으키신 이유는 무엇인가요?

푸로스퍼로   그러면 이 사실만 알아두어라.
매우 이상한 우연으로 이번에는 내 편이 된
관대한 행운의 여신이 나의 원수를 이 해안으로 끌고 왔다.
내가 알아보니 나의 운명의 절정은 매우 상서로운 별에
달려 있는데, 만약 내가 이 별의 위력을 이용하지 않으면
나의 운은 이제 영영 기울어지기만 할 것이다. 더 이상의 질문은
여기서 그치도록 해라. 졸리나 보군. 꽤 피곤한 모양인데
거기에 몸을 맡겨라. 그러지 않을 수 없을 것이다.

(미랜더가 잠든다)

나오너라, 하인아. 나오라고. 이제 모두 준비되었다.
나오너라, 나의 에어리얼아, 오너라.

에어리얼 등장.

에어리얼 위대하신 주인님 만세! 근엄하신 어른 만세! 대령했습니다.
나는 일이건, 헤엄치는 일이건, 불 속에 뛰어드는 일이건,
양털 같은 구름을 타는 일이건 상관없이 분부를 내리세요.
저와 제 동료들은 주인님의 강력한 명을 받들겠습니다.

푸로스퍼로   정령아, 그대는

내가 명령한 대로 정확히 폭풍우를 일으켰느냐?

에어리얼 세세한 부분까지 그대로.

저는 왕의 배에 올라탔습니다. 뱃머리와 배허리, 갑판,

모든 선실에서 저는 화염이 되어 공포심을 자아냈습니다.

때로 저는 분열하여 여러 곳에서 불타곤 했습니다.

중간돛대, 돛가름대, 제1사장(斜檣) 위에서

따로따로 불타다가는 다시 만나서 결합하곤 했지요.

무서운 천둥소리의 전조인 조브 신의 번갯불도

이보다 더 순간적이고 날쌜 수는 없었습니다.

무시무시하게 우르렁거리는 뇌성벽력은

가장 막강한 넵튠 바다 신을 포위하고

그의 대담한 파도들을 떨게 하고 그의 무서운 세발창을

비틀거리게 만드는 듯하였답니다.

푸로스퍼로   나의 훌륭한 정령이여!

이와 같은 혼란을 당하고도 이성이 끄떡없는

그처럼 꿋꿋하고 변함없는 자가 어디 있었겠는가?

에어리얼   한 사람도 없었지요.

모두가 광인 모양으로 열병에 걸려 필사적인 행동을

하였습니다. 수부들을 제외하고는

모두가 물거품 이는 짠 바닷물 속으로 뛰어들어 저 때문에

온통 불이 붙은 배를 떠나버렸습니다. 왕자인 퍼디넌드가

제일 먼저 뛰어내렸습니다. 그의 머리칼은 곤두섰는데

그 모습이 마치 머리칼이 아닌 갈대 같았습니다. 그는

외쳤답니다. '악마들이 모두 지옥을 비우고 이곳에 왔구나!'

푸로스퍼로　　　　　　　　　그것 참 잘했구나, 나의 정령아!

그런데 그 일이 이 해안 근처에서였지?

에어리얼　　　　　　　　주인님, 아주 가까운 곳에서입니다.

푸로스퍼로　하나, 에어리얼아, 그들은 다 무사하렷다?

에어리얼　　　　　　　　머리칼 하나 다치지 않았습니다.

그들을 버텨주던 옷은 더러운 자국 하나도 묻지 않았으며,

오히려 전보다 더 산뜻해졌습니다. 그리고 명령하신 대로

그들을 여러 무리로 섬 이곳저곳에 흩어놓았습니다.

왕자는 그 홀로 상륙하도록 했고요.

제가 떠나올 때 그는 섬 구석진 곳에서

한숨과 가쁜 숨을 내쉬면서 슬픈 모습으로

이렇게 팔짱을 끼고 앉아 있었답니다.

푸로스퍼로　　　　　　　　　왕의 배의

선원들은 어떻게 처리했으며,

또 나머지 배들은 어떻게 하였는가 말해보아라.

에어리얼　왕의 배는 무사히 항구에 들어와 있습니다.

언제인가 주인님께서 한밤중 저를 소환하여

언제나 혼란 속에 있는 버뮤다 섬에서 이슬을 가져오게 하셨던

바로 그 여울 깊숙한 곳에 그 배가 숨겨져 있습니다.

선원들은 모두 갑판 밑에 몰아넣었고요.

그들은 고역으로 몹시 시달린 데다가 마술에까지 걸려서

잠들어 있는 것을 보고 왔습니다. 나머지 배들로 말씀드리면
그것들을 저는 전부 흩어지게 했는데, 후에 다시 만나 나폴리로
귀항하기 위해서 지중해를 항해하는 중입니다.

그들은 슬픔에 잠겨 있으며 왕의 배가 난파되었으니
왕은 사망했다고 생각하고 있답니다.

푸로스퍼로   에어리얼아, 너는 명령을
그대로 수행하였다. 하지만 할 일이 더 있다.

지금 몇 시나 되었지?

에어리얼   정오가 지났습니다.

푸로스퍼로 적어도 두 시는 되었다. 지금부터 여섯 시까지는
우리 둘이 가장 소중하게 써야 할 시간이로다.

에어리얼 일이 더 있어요? 저에게 괴로운 일을 주시니까 말씀인데요.
저에게 약속하신 것을 잊지 않으셨으면 해요.

그것이 아직 지켜지지 않았습니다.

푸로스퍼로   왜? 화가 났느냐?
네가 요구하는 것이 무엇이냐?

에어리얼   저의 자유이옵니다.

푸로스퍼로 그때가 되기도 전에? 더 이상 아무 말 마라!

에어리얼   제발
기억해주십시오, 제가 주인님께 값진 봉사를 해드렸음을.
저는 거짓말을 한 적도 없으며, 실수한 적도 없고
불평불만 없이 주인님을 섬겼습니다. 주인님은 만 1년을
줄여주겠다고 약속하셨지요.

푸로스퍼로   네가 어떤 고통을 겪고 있을 때

내가 너를 구해주었는지 잊었느냐?

에어리얼   아닙니다.

푸로스퍼로 너는 잊고 있다. 그래서 너는 깊은 바닷속의 진흙을

밟는 것, 살을 에는 북풍을 타는 것,

서리로 얼어붙은 땅속에서 나를 위해 일하는 것을

힘들게 여기는 것이니라.

에어리얼   그렇지 않습니다, 주인님.

푸로스퍼로 거짓말이다, 이 녀석! 나이와 악의로 인해서

테같이 구부러진 추한 마녀 시코랙스를 잊어버렸느냐?

너, 그 마녀를 벌써 잊었어?

에어리얼 아닙니다, 주인님.

푸로스퍼로 잊은 게 분명해. 그 마녀가 어디서 태어났지? 말해봐라.

에어리얼 앨지어즈*에서요.

푸로스퍼로   오, 그랬어?

나는 한 달에 한 번은 너의 과거의 신분과

네가 잊고 있는 것을 되풀이해서 말해주어야 하겠다.

이 빌어먹을 마녀 시코랙스는 여러 가지 악행과

사람이 듣기에도 무서운 마술 때문에

앨지어즈에서 추방된 것을 너는 알고 있다. 그 마녀가 세운

한 가지 공로 때문에 그들이 그녀의 목숨을

---

* 알제리의 수도.

없애려고 하지 않은 것이다. 이것이 사실이 아니더냐?

에어리얼 예, 그렇습니다.

푸로스퍼로 시퍼런 눈을 한 마녀는 임신한 몸으로

이곳으로 끌려와서는 선원들에 의해 버려졌다.

나의 노예인 너는, 너의 보고에 따르면, 그때

그녀의 하인이었다. 너는 너무나 섬세한 정령이므로

그녀의 세속적이고 몸서리나는 명령들을 수행할 수 없어

그녀의 대명을 거절하였다. 그러자 그녀는 너를

그녀의 보다 유력한 앞잡이들의 도움으로,

그리고 가라앉지 않는 격분으로써 쪼개진 소나무 속에

감금하였다. 이 소나무 틈에 갇혀 너는 12년을

고통 속에 지냈다. 그동안에 그녀는 죽고 너를 그곳에

남겨두었다. 거기에서 너는 신음 소리를

물레방아가 돌아갈 때처럼 자주 냈다.

그 당시 이 섬에는 인간 모습을 지닌 자가 하나도 없었다.

그녀가 이곳에서 낳아놓은 마귀할멈 태생의

얼룩진 새끼 하나를 빼놓는다면 말이다.

에어리얼   예, 그렇습니다. 그녀의 아들인 캘리밴.

푸로스퍼로 우둔한 물건이지. 내가 지금

부리고 있는 캘리밴 말이다. 내가 왔을 때 네가

어떤 고통 속에 처해 있었는지는 네가 가장 잘 알고 있으렷다.

네가 내는 신음 소리는 늑대를 울부짖게 했고,

언제나 노해 있는 곰들의 가슴속을 뚫고 들어갔다.

그것은 저주받는 자에게만 가해지는 고통이었으며

시코랙스도 이를 도로 풀어놓을 수 없었다.

내가 당도하여 너의 신음을 듣고서 나는 내 마술로

그 소나무를 가르고 너를 끄집어냈다.

에어리얼   주인님, 감사합니다.

푸로스퍼로   네가 더 불평한다면

떡갈나무를 갈라 너를 그 옹이투성이 줄기 속에 박아 넣고

열두 겨울을 울부짖으며 지내게 할 터이다.

에어리얼   용서해주세요, 주인님.

앞으로는 명령에 복종하고

정령이 할 일을 잠자코 행하겠습니다.

푸로스퍼로   그리하여라. 그러면 이틀 후에

내 너를 해방하겠다.

에어리얼   참 고상하신 주인님이십니다!

무엇을 해드릴까요? 말씀만 하세요. 무엇을 해드릴까요?

푸로스퍼로   가서 바다의 님프 모습으로 차려라.

너와 나의 눈에만 보이고

나머지 다른 사람의 눈에는 보이지 않도록 하는 거다.

자, 그 차림을 해가지고 여기로 오너라.

자, 부지런히 가거라!   (에어리얼 퇴장)

잠을 깨어라, 애야, 잠을 깨어라, 이제 충분히 잤으니

잠을 깨어라!

미랜더   (눈을 뜨면서) 아버지의 이상한 이야기가

저를 자도록 만들었어요.

푸로스퍼로   잠을 떨쳐버려라. 어서.

우리 캘리밴에게 가보도록 하자.

그놈은 우리에게 고분고분하지 않단 말이야.

미랜더   그자는 악한이에요.

전 쳐다보기도 싫어요.

푸로스퍼로   그렇긴 하다만

우리는 그놈 없이 살아갈 수도 없어. 그놈은 불을 때주고,

나무를 해 오고, 우리에게 유익한 일들을 해준단 말이야—

여봐라! 캘리밴! 이놈!

흙덩이 같은 놈! 말하여라.

캘리밴   (안에서) 땔나무는 안에 충분합니다.

푸로스퍼로 나오란 말이다. 다른 일 때문에 그런다.

거북아, 나오너라. 언제 나올 거야!

바다의 님프 모습으로 에어리얼 재등장.

훌륭한 영이로다! 나의 절묘한 에어리얼아,

귀담아들어라.

에어리얼   주인님, 그렇게 하겠습니다.   (퇴장)

푸로스퍼로 너 독약 같은 놈, 악마와

사악한 년 사이에서 태어난 놈. 나오너라!

캘리밴 등장.

캘리밴 나의 어머니가 오염된 늪에서 까마귀의 깃으로

쓸어 모은 독로(毒露)가 당신들 두 사람 위에 떨어지리라!

남서풍이 당신들에게 불어서 그 몸에

온통 물집이 생기게 하리라!

푸로스퍼로 이 욕설에 대해서는 오늘밤 내가 널 쥐가 나도록 만들겠고,

옆구리가 쑤셔서 숨을 쉬기 힘들게 하겠다. 고슴도치들로 하여금

만물이 잠든 고요한 한밤중에 그들이 일할 수 있는 시간을

전부 너를 찌르는 일만을 하도록 하겠다.

네가 벌집같이 꼬집혀서, 벌집을 만드는 벌들이

쏘는 것보다 더 아프도록 만들겠다.

캘리밴   나는 저녁을 먹어야겠소.

이 섬은 나의 어머니 시코랙스가 물려준 것인데

당신이 빼앗았소. 당신이 처음 이곳에 왔을 때

당신은 나를 쓰다듬어주고 애지중지하였지.

당신은 딸기를 넣은 물도 나에게 주었으며,

낮과 밤에 불빛을 내는 것 중

큰 것은 이름이 무엇이고 작은 것은

이름이 무엇인지를 가르쳐주었소. 그때

나는 당신을 좋아해서, 이 섬의 모든 곳들을

당신에게 보여주었던 것이오.

신선한 샘물, 소금물 웅덩이, 황무지와 비옥한 곳 등등.

내가 그렇게 해주었다니, 저주받을 짓이었소!

시코랙스의 온갖 주문, 두꺼비, 투구풍뎅이, 박쥐의 주문들이

당신의 몸에 내리기를! 나는 현재 당신이 소유한

하인의 전부이지만 원래는 당당한 나 자신의 왕이었소.

그런데 당신은 나를 이곳에서 돼지우리와 같은

이 딴딴한 바위 속에 감금해놓고 이 섬의 나머지 부분에는

가보지 못하게 하고 있소.

푸로스퍼로   이 거짓말쟁이 같으니!

후려갈겨야 움직이지, 친절을 베풀어서는 안 되는 놈!

네가 비록 더럽지만 나는 인정으로 너를 대해왔다.

그리하여 나는 너를 나의 오두막집에 기거하게 했다.

네가 내 딸을 범하려고 했을 때까지는 말이다.

캘리밴 하아! 그것이 이루어졌더라면 얼마나 좋았을까!

당신이 날 막았지요. 만약 내가 성공하였더라면

이 섬은 캘리밴 자손들로 우글거렸을 터인데.

미랜더   몸서리나는 놈 같으니!

온갖 악을 자행할 수 있는 놈이라, 선은

너에게는 어떤 자국도 남길 수 없는 형편이다.

난 너를 동정해서 애써 너에게 말을 가르쳤고

틈틈이 너에게 이 일 저 일을 가르쳐주었다.

야만인 같은 놈아, 네가 너 자신의 말뜻도 모르고

그저 짐승같이 떠벌리기만 할 때,

난 말을 가르쳐서 네 의사가 통하도록 해주었다.

그러나 너는 천한 족속이라 비록 말을 배우긴 했지만

선량한 사람들이 도저히 참아낼 수가 없었다.

따라서 너를 이 바위 속에 감금한 것은 마땅한 일이었다.

너는 감옥보다 더한 고역을 치러도 마땅했으니.

캘리밴 당신은 나에게 말을 가르쳐주었소. 그 덕으로,

내가 얻은 이득은 저주하는 법을 아는 것이 전부요.

나에게 말을 가르쳐준 데 대해서는 빨간 염병이

당신을 파멸시키길 바라오!

푸로스퍼로   마귀할멈 종자야, 꺼져라!

땔감을 가져와라. 서두르는 것이 좋을 거다.

다른 심부름도 있고 하니. 이 악한, 어깨를 움츠려?

내가 시키는 일을 소홀히 하거나 마지못해 한다면

노인들이 앓는 풍을 너에게 가져와서 너의 모든 뼈마다

아픔으로 차게 하여 네가 울부짖도록 만들겠다.

짐승들조차도 그 소리를 들으면 몸을 떨 것이다.

캘리밴   제발, 그렇게 하지 마세요!

(방백) 복종해야겠는걸. 이자의 마술은 매우 위력적이어서

내 엄마의 신 세티보스마저도 마음대로 조종하고

자기의 종으로 만들 것이니 말이야.

푸로스퍼로   그러니 종놈아, 꺼져! (캘리밴 퇴장)

눈에 보이지 않는 에어리얼이 음악을 연주하고 노래하며 재등장.

(퍼디넌드가 그 뒤를 따른다)

에어리얼의 노래.

이 노란 모래사장으로 와서

　　　손을 잡아라.

절하고 입 맞추면

　　　사나운 파도가 조용해진다.

여기저기에서 날쌔게 춤추어라.

　　　귀여운 요정들아

　　　후렴을 불러라. 들어라, 들어!

(여기저기에서 들리는 후렴) 웡 웡.

　　　감시견들이 짖는구나!

(여기저기에서 들리는 후렴) 웡 웡.

　　　들어라, 들어! 들려오는

소리는 성큼성큼 걷고 있는

　　　수탉의 *꼬끼오 꼬꼬* 소리.

퍼디넌드　이 음악은 어디에서 흘러나올까? 공중, 아니면 땅속에서?

　　이제 그쳤군. 필시 이 음악은 이 섬의 어떤 신을 위한 것이리라.

　　둑 위에 앉아서 왕이신 아버지의 난파를 계속 한탄하고 있을 때,

　　이 음악은 바다에서부터 나에게 기어들었으며,

　　그 달콤한 소리로 나의 분노와 슬픔을 가라앉혔다. 그때 나는

　　그 음악을 따라나섰는데, 아니 그것이 나를 끌고 왔는데

이제 그쳐버렸단 말이야.

아니, 다시 음악이 들려오는군.

에어리얼의 노래.

그대의 아버지는 다섯 길 바닷속에.

그의 뼈는 산호가 되고

그의 눈은 진주가 되었다.

그의 몸은 하나도 퇴색지 않고

바닷속에서 변화를 겪어

값지고 신기한 물건이 되었다.

바다의 님프들이 시간마다 울린다,

그를 애도하는 종을. (후렴) 딩동.

에어리얼 들어라! 이제 종소리가 들린다 — 딩동 벨.

퍼디넌드 이 노래는 바다에서 돌아가신 아버지를 애도하고 있다.

이것은 인간이 하는 일도, 이 세상에 존재하는 노래도

아니다. 이제 그 노래는 내 위에서 들려온다.

푸로스퍼로 술 달린 네 눈의 장막을 걷어 올리고

저 너머에 무엇이 보이는지 말해보아라.

미랜더   저것이 무얼까? 정령일까?

아, 사방을 둘러보고 있네요. 정말이지, 아버지.

찬란한 모습을 지녔네요. 하지만 저건 정령이네요.

푸로스퍼로 이 처녀야, 아니다. 저것은 먹고 잠자고

우리와 꼭 마찬가지의 감각들을 지녔단다. 아주 꼭 같은.

네가 보는 이 멋쟁이 사내는 난파당하였다. 그가 미를

좀먹는 벌레인 슬픔에 젖어 있지만 않다면

진정 미모라고 할 만하단다. 그는 동행을 잃고

그들을 이리저리 찾아다니는 중이란다.

미랜더   저는 저분이

어떤 신으로만 보이네요. 자연계에서는 저렇게 고상한 존재를

저는 일찍이 본 일이 없으니까요.

푸로스퍼로   (방백) 나의 계획이 잘 진행되는가 보군.

내가 의도한 대로. 정령아, 훌륭한 정령아! 이번 일의 대가로

내 이틀 안에 너를 석방해주마!

퍼디넌드   정녕 이 여신은 이 노래들이

받들고 있는 바로 그 여신이다! 제발 알게 해주십시오.

당신이 이 섬에 살고 계시는지를, 또 제가 이곳에서

어떻게 처신해야 하는지 좋은 조언도 주십시오.

저의 우선적인 요청은 ― 순서를 바꾸어 마지막에 드리는

부탁입니다만 ― 오, 경이의 당신이여,

당신은 하계의 처녀인가요, 그렇지 않은가요?

미랜더   경이의 존재는 아닙니다만

처녀인 것은 틀림없습니다.

퍼디넌드   우리나라 말을? 이럴 수가!

저는 이 언어를 사용하는 자들 중에서는, 제가 만약 이 언어가

사용되는 나라에 지금 있다면 말인데, 제일 지위가 높습니다.

푸로스퍼로   뭐라! 제일 높다고?

나폴리의 왕이 그 말을 들으면 어떻게 하려고?

퍼디넌드 저 혼자만이 남은 이제, 당신이 나폴리의 왕을

언급하는 소리를 들으니 참 놀랍습니다.

나폴리의 왕은 제 말을 듣고 계십니다. 그분이 듣고 계시기에

저는 울음이 나옵니다. 제가 바로 나폴리 왕이올시다.

저는 제 눈으로 선왕이 난파당하는 것을 보았습니다.

그 후로 저의 눈에는 눈물이 마른 적이 없습니다.

미랜더   아, 가엾어라!

퍼디넌드 예, 정말입니다. 그분의 신하들도 다 함께.

밀라노 대공과 그분의 훌륭한 아들도 끼여 있었습니다.

푸로스퍼로   (방백) 진짜 밀라노의 대공과

그의 훨씬 더 훌륭한 딸이 그대의 틀린 말을 고쳐주고 싶다만,

적절한 때가 못 된다. 첫눈에

저들이 눈길을 교환하였겠다. 착한 에어리얼아,

이 일의 대가로 그대를 해방시켜주겠다.

(퍼디넌드에게) 이봐요, 한마디 하겠소만

그대는 말을 좀 잘못한 것 같소.

미랜더 (방백) 어째서 아버지가 저렇게 심하게 말씀하실까?

이분은 내가 일찍이 본 세번째 인간인데,

내가 갈구하는 첫번째 사람인데. 동정심이 아버지를 움직여

나와 같은 마음으로 기울어지도록 해주었으면!

퍼디넌드   오, 그대가 처녀이고

아직 정을 다른 사람에게 주지 않았다면 난 그대를

나폴리의 왕비로 삼겠소.

푸로스퍼로   잠깐 한마디만 더 하겠소.

(방백) 저들은 서로에게 매혹되어 있다. 이 속도가 빠른 일을

느리게 진행되도록 해야겠다. 너무 쉽게 얻어,

얻은 물건의 값어치를 덜 평가하는 일이 없도록 말이다.

(퍼디넌드에게) 한마디만 더 하겠소. 내 말을 잘 들으오.

당신은 이곳에서 갖고 있지도 않은 이름을 사칭하였소.

당신은 간첩으로 이 섬에 잠입하여 나에게서

섬의 주인 자리를 빼앗으려는 거요.

퍼디넌드   아니올시다, 결단코 아닙니다.

미랜더   저런 멋진 머리 속에 나쁜 것이 들어 있을 수는 없어요.

만약 나쁜 정신이 저렇게 훌륭한 집을 쓰고 있다고 한다면

선한 것들도 거기에 살려고 그것과 경쟁할 거예요.

푸로스퍼로   나를 따라오오.

너 저 사람 변명을 하지 마라, 그는 반역자다 ― 와요.

난 그대의 목과 발을 수갑으로 한데 채워놓겠소.

당신에게 바닷물을 마시도록 하겠고. 담수 시냇물 속의

섭조개, 시든 뿌리와 도토리 껍질 등이

당신의 음식이 될 것이오. 따라오오.

퍼디넌드   아니올시다.

나는 그와 같은 대접을 물리치겠소. 나의 적이

나보다 더 큰 힘을 갖고 있음을 알 때까지는.

> (그는 칼을 빼 드나 마술에 걸려 움직이지 못한다)

미랜더   오, 아빠,

그를 너무 성급히 판정하지 마셔요.

그는 유순하고, 두렵지도 않아요.

푸로스퍼로   무엇이 어째!

자식이 아비를 훈계하는 거냐? 칼을 거두어라, 반역자야.

허세만 보이고 감히 치지는 못하는 자로구나.

너의 양심이 죄로 차 있다. 그 방위 태세는 벗어버려라.

나는 이 지팡이를 가지고 너의 무장을 해제하고

너의 칼을 떨어뜨려버릴 수 있단 말이야.

미랜더   간청합니다, 아빠!

푸로스퍼로 비켜라! 내 옷에 매달리지 마라.

미랜더   아버지, 동정심을 발휘하세요.

제가 저 사람을 보증하겠어요.

푸로스퍼로   조용히 해라! 한마디만 더 한다면

나는 너를 꾸짖겠다, 미워하지까지는 않더라도. 무엇?

사기꾼의 변호자가 되겠어? 조용히 해라!

넌 그와 같은 모습의 사람들이 없는 줄로 생각하는데

그것은 네가 그와 캘리밴만을 보았기 때문이야.

바보 같은 처녀야! 대부분의 남자들과 비교한다면

이자는 캘리밴 같은 존재에 불과하고

그들은 이자에 비교하면 천사 같은 존재란다.

미랜더   그렇다면 저의 애정은

가장 소박합니다. 저는 그 이상의 훌륭한 남자를

보고 싶은 욕심이 없어요.

푸로스퍼로   자, 복종하라.

자네의 근육은 다시 유년의 것으로 돌아갔다.

이제는 거기에 힘이 들어 있지 않다.

퍼디넌드   과연 그렇구나.

내 정신은 꿈속에서처럼 모두 묶여 있군.

내 아버지의 죽음도, 지금 느끼는 무기력도,

내 모든 친구들의 난파도, 또 내가 굴복하고 있는

이 사람의 위협도 나에게는 아무것도 아니다.

만약 내가 내 감방 너머로 하루에 한 번 이 처녀를

바라볼 수만 있다면 말이다. 그 밖의 모든 지상의 공간은

자유로운 사람들이나 이용하라지. 나는 그와 같은 감방에 살아도

충분한 공간을 갖는 것이 되니까.

푸로스퍼로   (방백) 일이 잘 되어가는군. (퍼디넌드에게) 자, 따라오라.

(에어리얼에게) 훌륭한 에어리얼아, 일 참 잘했다! 나를 따라와라.

들어라, 내게 또 해주어야 할 일이 무엇인지 말하겠다.

미랜더   안심하셔요.

저의 아버지는 말씨에서 나타나는 것과는 달리

마음씨는 좋은 분이세요. 아까와 같은 태도는

보통 때는 없었던 것이어요.

푸로스퍼로   (에어리얼에게) 이제 곧 너를 산바람처럼

자유로운 몸이 되게 해줄 테니 내 명령대로

모든 것을 정확히 행해야 하느니라.

에어리얼   한 마디 한 마디 그대로 행하겠습니다.

푸로스퍼로 자, 따라오라. 그자를 변호하지 마라.   (모두 퇴장)

2막

1장
섬의 또 다른 곳.

알론조, 시배스천, 앤토니오, 곤잘로, 에드리언, 프랜시스코, 기타 사람들 등장.

곤잘로 청컨대 임금님께서는 기뻐하시기 바라옵니다.

임금님께서는, 저희들 모두도 그러합니다만,

기뻐해야 할 이유를 갖고 계십니다. 왜냐하면 저희가 죽음을

피한 것은 저희들이 잃은 것에 비해 다행한 일이기 때문입니다.

저희들이 당한 비운은 흔한 인간지사이옵니다.

매일 어떤 선원의 아낙네, 어떤 상선의 선장이나 화물주가

저희들과 같은 비운을 겪습니다. 그러나 이 기적,

즉 저희가 생명을 부지한 일은 수백만 중에서

몇을 셀 수도 없을 것입니다. 그러하오니 임금님께서는
저희의 슬픔을 저희의 기쁨과 함께 저울에 달아보는 현명함을
발휘하시기 바랍니다.

알론조 제발 입 좀 다물게.

시배스천 (앤토니오에게) 왕께서는 기쁨을 찬밥 취급하시는데요.

앤토니오 임금님이 그러신다고 그칠 곤잘로가 아니오.

시배스천 (앤토니오에게) 저것 보세요. 그는 지금 그의 재치의 시계에
태엽을 감고 있습니다. 이제 곧 시계 종이 칠 것입니다.

곤잘로 임금님—

시배스천 (앤토니오에게) 하나— 세십시오.

곤잘로 일어나는 고난을 죄다 받아들이면 결국
그 받아들이는 사람에게 생기는 것은—

시배스천 한 냥.

곤잘로 진정 슬픔입니다.* 당신의 말은 당신이 의도한 것보다 더 그럴
듯하오.

시배스천 당신은 내가 바란 이상으로 더 슬기롭게 받아넘기는군요.

곤잘로 그러하오니, 임금님께서는—

앤토니오 제기랄, 말을 너무 많이 하는군!

알론조 제발, 말 좀 그만하게.

곤잘로 네, 이제 다 했습니다. 하지만—

시배스천 그는 말을 계속할 겁니다.

---

* '한 냥.' 돈(dollar)과 슬픔(dolour)의 발음이 유사하여 이러한 말장난이 가능함.

앤토니오 이자와 에드리언 중 누가 먼저 닭 울음소리를 내기 시작할까? 좋은 내깃감이오.

시배스천 늙은 수탉이.

앤토니오 어린 수탉이.

시배스천 좋소. 무얼 걸까요?

앤토니오 웃음을.

시배스천 걸었습니다. 그럼!

에드리언 비록 이 섬이 불모의 사막으로 보이고 —

앤토니오 하, 하, 하!

시배스천 당신이 이겼소.

에드리언 사람도 거의 안 살고, 거의 접근할 수도 없어 보이지만 —

시배스천 그러나 —

에드리언 그러나 —

앤토니오 그가 그 말을 빼먹을 수는 없지.

에드리언 이 섬의 기후는 미묘하고, 부드럽고, 섬세한 것이 틀림없습니다.

앤토니오 마치 섬세한 처녀 같은데요.

시배스천 네. 미묘한 처녀 같기도 하지요. 저분이 박식하게 표현한 바와 같이.

에드리언 이곳의 공기는 아주 달콤한 숨을 우리에게 내쉬어요.

시배스천 마치 허파를 가진 것처럼, 그것도 썩은 허파를.

앤토니오 혹은 늪이 향수를 뿌렸다고나 할까.

곤잘로 이곳의 모든 것이 생명에 유익합니다.

앤토니오 맞소. 생계 수단 이외에는 말이오.

시배스천 그런 것은 전혀, 아니 거의 없군.

곤잘로 풀이 얼마나 파릇파릇 싱싱하게 보입니까! 참 푸르기도 하군!

앤토니오 땅은 진정 황갈색이오.

시배스천 한곳만 푸르군.

앤토니오 그가 크게 틀린 것은 아니군그래.

시배스천 그래요. 단지 진실을 전적으로 잘못 보고 있을 뿐이지요.

곤잘로 그러나 그중 희한한 점은, 이건 거의 믿을 수 없을 정도인데
          요—

시배스천 희귀한 것들이란 게 다 그렇지요.

곤잘로 우리 옷이 비록 바닷물에 흠뻑 젖었지만, 그럼에도 불구하고
          새롭고 광택이 나며, 짠물에 더럽혀졌다기보다는 새로이 물들
          인 것같이 보인다는 점입니다.

앤토니오 저자의 호주머니 중 하나만이라도 말할 수 있다면, 그것은
          그가 거짓말한다고 말하지 않을까?

시배스천 그럴 거요. 혹은 그의 거짓말이 호주머니 속에 감추어질지
          도 모르고.

곤잘로 저의 생각으로는 우리 옷이 아프리카에서 임금님의 어여쁜 따
          님 클래리벌과 튀니스 왕의 결혼식 때 처음 입었을 때만큼이나
          새롭습니다.

시배스천 행복한 결혼식이었지요. 그래서 우리가 귀로에 이렇게 번영
          하지 않소.

에드리언 튀니스는 일찍이 그처럼 빼어난 미인을 왕비로 맞은 적이

없습니다.

곤잘로 미망인 다이도 이후에는 그런 적이 없지요.

앤토니오 미망인! 염병할 미망인! 그 미망인은 왜 끼어들어! 다이도 미망인!

시배스천 그가 '홀아비 이니애스'라고 했더라면 어쩔 뻔하였소? 글쎄 당신 그것을 어떻게 받아들였겠소!

에드리언 미망인 다이도라고 하셨어요? 그 말씀을 듣고 보니 생각나는 바가 있습니다. 그 여인은 카르타고 출신이었지 튀니스 출신은 아니었습니다.

곤잘로 튀니스가 바로 카르타고였습니다.

에드리언 카르타고?

곤잘로 틀림없이 카르타고요.

앤토니오 그의 말은 기적을 낳은 하프 이상인데.

시배스천 그는 성벽뿐만 아니라 집들도 지어놓았소.

앤토니오 다음에는 그가 또 어떤 불가능한 일을 쉽게 만들어놓을까?

시배스천 나는 그가 이 섬을 호주머니에 넣어가지고 귀국하여 그것을 아들에게 사과 하나 주듯 선물할 것이라고 생각하오.

앤토니오 그리고 그 씨들은 바다에 뿌려서 더 많은 섬들을 만들어낼 거요.

곤잘로 그렇소.

앤토니오 때마침 옳은 소릴 하시는군.

곤잘로 전하, 저희는 저희 옷이, 지금은 왕비가 된 전하의 따님이 튀니스에서 결혼식을 올릴 때처럼 새롭게 보인다는 이야기를 하고 있었습니다.

앤토니오 그리고 튀니스가 일찍이 맞이한 왕비 중에서 가장 훌륭한

왕비지요.

시배스천 미망인 다이도를 빼고라는 말을 해야지.

앤토니오 아, 참! 미망인 다이도. 그렇지, 미망인 다이도.

곤잘로 그래, 저의 조끼가 제가 입었던 첫날같이 새롭지 않습니까?

어느 정도 말씀입니다.

앤토니오 '어느 정도'란 말 참 잘 골라냈군.

곤잘로 전하의 따님 결혼식 때 제가 입었던 것같이 말씀입니다요.

알론조 자네는 이 말을 억지로 내 귓속에 집어넣는데,

난 듣고 싶은 마음이 없다네. 딸을 그곳에

출가시키지 않았다면 얼마나 좋았을까!

그곳에서 돌아오는 길에 나는 아들을 잃었단 말이네.

그리고 내 생각으로는 딸애도

이탈리아에서 아주 먼 곳으로 갔기 때문에 다시는

난 그애를 못 볼 것 같네. 나폴리와 밀라노를 상속받을

나의 아들이여, 너는 어떤 낯선 물고기의 밥이 되었느냐?

프랜시스코   전하, 그는 살아 있을지도 모릅니다.

저는 그가 몸 밑의 파도를 차며 파도 등을 타는

광경을 목격하였습니다.

그는 적의에 찬 파도를 옆으로 젖히면서

물을 건너가고 있었으며, 그에게 부딪치는

부풀어 오른 거창한 파도를 무릅쓰고 나아갔습니다.

그는 자신의 용감한 머리를 맹렬한 파도 위에 두고

그 튼튼한 두 팔로 억세게 노를 저어서 해안가로 나아갔습니다.

해안은 마치 그를 구조하려는 듯 파도에 파인 밑바닥에

허리를 굽혀 절을 했습니다. 그가 무사히 상륙했음을

저는 의심치 않습니다.

알론조   아니다, 아니야. 그는 갔다네.

시배스천   전하, 이번의 대손실은 전하의 자업자득이옵니다.

전하께서는 따님을 유럽에 시집보내지 않으시고

아프리카인에게 주어버렸으니 말입니다.

따님은 적어도 전하의 눈앞에서는 추방당한 셈이 되었으니

이 슬픈 눈물의 원인은 전하께 있습니다.

알론조   제발, 그만해두게.

시배스천   저희들 모두는 전하께 무릎을 꿇고

또 그 이외의 방법으로도 간청했습니다.

따님 자신은 싫은 마음과 복종심을 저울에 올려놓고

어느 쪽으로 저울이 기울어지는지를 살폈고요.

생각건대, 우리는 왕자를 영원히 잃었는가 합니다.

밀라노와 나폴리에는 이번 일 때문에 과부들이, 우리가 데리고 가

그들을 위안해줄 남자들의 수보다 훨씬 더 많아졌습니다.

이것은 다 전하의 과오이옵니다.

알론조   그렇기에 이번의 손실은 지극히 뼈저린 것이오.

곤잘로   시배스천 경,

당신이 하는 말은 예의를 좀 갖추지 못했고,

또 지금은 그런 말을 할 때도 아닙니다.

고약을 발라야 할 헌데를 비벼놓는 격입니다.

시배스천   말 잘했소이다.

앤토니오   가장 훌륭한 외과의같이 잘했군.

곤잘로   전하의 용안이 흐려지면 저희도 모두

사나운 기후를 맞습니다.

시배스천   사나운 기후라고?

앤토니오   매우 사나운.

곤잘로   만약 제가 이 섬을 식민지로 만든다면, 전하 —

앤토니오   그는 쐐기풀 씨앗을 뿌릴 것이다.

시배스천   아니면 수영이나 접시꽃을.

곤잘로   그리고 그곳의 왕이라면 저는 무엇을 할까요?

시배스천   술이 없는 관계로 술 취하는 일을 피하겠지.

곤잘로   그 공화국에서 저는 만사를 보통과는 정반대로

처리하겠습니다. 어떤 종류의 상거래도

저는 허용하지 않고, 관리도 두지 않고,

글을 가르치지 않고, 빈부도 고용도 전혀 용납지 않겠습니다.

계약, 상속, 경계, 토지 경계표, 경작지, 포도원도 두지 않겠습니다.

금속, 곡식, 술 혹은 기름을 일절 사용하지 않을 것이며,

직업도 없도록 하겠습니다. 남자들은 모두 무위도식하게 하며,

여자들도 역시 그렇게 하는 동시에 순진하게 만들 것이며,

통치권도 갖지 않겠습니다 —

시배스천   그러면서도 그는 그 나라의 임금은 되겠다는군.

앤토니오 그의 공화국론 끝에 가서는 서두의 이야기를 잊어버리고 있
고요.

곤잘로 일체의 생활필수품은 땀 흘려 노력하지 않아도
공급해주며 반역이나 중죄, 그리고 창검, 칼, 총 등 여하한 기구도
필요 없게 될 것이오. 자연이 오곡을 익히고 풍성한 추수로써
순진한 국민의 배를 불려주기 때문입니다.

시배스천 백성들 사이에 결혼도 허락하지 않겠소?

앤토니오 한 건도 안 된다잖아, 이 사람아. 모두가 빈둥거리는 무위도
식자, 창녀, 놈팡이뿐이오.

곤잘로 저는 아주 완벽하게 통치하여 황금시대를
능가해보겠습니다.

시배스천   폐하께 하느님의 축복이 있기를!

앤토니오 곤잘로 만세!

곤잘로   그리고 전하, 듣고 계십니까?

알론조 제발 그만해주오. 나에게는 아무 의미도 없는 말들이오.

곤잘로 전하의 말씀을 믿습니다. 저는 이 사람들에게 웃음거리를 제
공하였습니다. 이들의 허파가 얼마나 민감하고 민첩한지 그들
은 언제나 무슨 일에도 웃어대는 데 익숙해 있습니다.

앤토니오 우리들이 비웃은 것은 바로 당신이오.

곤잘로 저는 그런 종류의 유쾌한 장난감으로서는 당신들에게 별 가치
가 없는 존재입니다. 그러니 당신들이 계속 나를 비웃어도 좋습
니다만 결국 가치 없는 것을 비웃는 셈이 되지요.

앤토니오 한 대 맞았는데!

시배스천 만약 그 일격이 옆으로 떨어지지 않았더라면 다쳤을 거요.

곤잘로 당신들은 참 훌륭한 기백의 소유자들이오. 당신들은 만약 달이 다섯 주만 한 궤도에서 변화 없이 계속 돌아도 그 달을 거기서 빼놓으려 할 것입니다.

보이지 않는 에어리얼이 엄숙한 음악을 연주하며 등장.

시배스천 과연 우린 그렇게 할 거요. 그러고 나서는 밤에 새 잡이나 하겠지.

앤토니오 아니, 노하지 마시오, 경.

곤잘로 안심하십시오, 노하지 않습니다. 저는 분별력이 있다는 평판을 그렇게 쉽사리 잃지 않겠습니다. 웃어서 저를 좀 재워주십시오. 전 매우 졸립습니다.

앤토니오 주무시오. 우리 웃음을 들으면서 말이오.

(알론조, 시배스천, 앤토니오 이외에는 모두 잔다)

알론조 뭐! 모두 그렇게 금방 잠들어버려! 내 눈도 감겨서
　　　　나의 생각들을 잠가버리면 좋겠는데. 아, 이제
　　　　나의 눈도 감기는군.

시배스천　　　　　　　전하,
　　　　쏟아지는 졸음을 뿌리치지 마십시오.
　　　　잠은 슬픔을 지닌 자에겐 좀처럼 찾아오지 않는 법입니다.
　　　　잠은 위안자이옵니다.

앤토니오　　　　　　주무시는 동안 우리 둘이

전하의 옥체를 지키고 전하의 안전을 도모하겠습니다.

알론조　　　　　고맙네. 매우 졸린데. (알론조가 잠든다. 에어리얼 퇴장)

시배스천　참 저들은 괴상한 졸음으로 빠져드는군!

앤토니오　이것은 기후 때문이오!

시배스천　　　　　　　그렇다면 어째서

그것이 우리의 눈썹은 내려앉게 하지 않소? 나는

잠이 안 오니 말이오.

앤토니오　　　　　나도 잠이 안 오오. 나의 정신은 아주 또렷하오.

그들은 다 동시에 잠들었소. 마치 약속이나 한 듯이,

그들은 마치 무슨 벼락에 맞아 쓰러진 것같이 되었소.

시배스천, 어떻게 될까요. 아, 어떻게 될까요? ─

더 이상 말을 맙시다. 하지만 당신 얼굴에서

나는 장차 당신이 어떻게 될지를

보는 듯하오. 기회가 당신을 부르고 있어요.

나의 강력한 상상력은 왕관 하나가

당신의 머리 위에 떨어지는 것을 보오.

시배스천　　　　　　　무어요! 당신은 잠에서 깨어 있소?

앤토니오　당신은 내가 말하는 소리가 들리지 않소?

시배스천　　　　　　　　들리오. 그런데 확실히

그것은 졸면서 하는 말이오. 당신은 지금 잠꼬대를 하고 있소.

당신이 아까 한 말은 무슨 뜻이오?

이건 참 이상야릇한 잠이오. 눈을 활짝 뜨고 자는 잠 말이오.

서서, 말하면서, 움직이면서도 깊은 잠에 빠져 있소.

앤토니오   고상하신 시배스천,

당신은 당신의 행운을 잠들게, 아니 죽게 하고 있소이다.

당신은 깨어 있으나 잠들어 있소이다.

시배스천   당신은 분명 코를 골고 있지만

그 속에는 꽤 많은 의미가 포함되어 있음이 분명하오.

앤토니오 나는 평상시보다도 더 진지합니다. 당신도

또한 그래야만 합니다. 내 말을 들으려거든 말이오.

내 말대로만 하면 당신은 세 배나 더 위대해지십니다.

시배스천   나는 말이오, 흐르지 않는 물이라오.

앤토니오 제가 흘러 들어오는 밀물이 되는 방법을 가르쳐드리지요.

시배스천 그러시오.

타고난 나태함으로 썰물이 되는 것만 압니다.

앤토니오   오!

당신이 이런 식으로 이 계획을 조소하지만, 실은 그것을

마음속에 오히려 품게 되며, 그것을 던져버리려고 하지만

오히려 몸에 꼭 지니게 된다는 것을 아신다면! 썰물같이 뒷걸음

만 치는 사람은 진정 그 자신의 두려움이나 나태함 때문에

밑바닥을 흐르는 인생이 되는 것이지요.

시배스천   제발 말을 계속하오.

당신의 눈초리며 안색이 당신에게 중요한 이야기가 있음을

말해주며, 그것을 낳는 데 당신이 꽤 고통스러운

진통을 겪고 있음을 또한 말해주고 있습니다.

앤토니오   그러면 말씀드리지요.

저 기억력 약한 양반, 땅속에 묻히면 거의 잊힐
그 사람은 아드님이 살아 있음을 믿도록 왕을 거의 설복하였소.
그는 설복의 명수이고, 또 그것을 직업적으로 하는 사람이오.
그러나 그가 익사하지 않았다는 것은 불가능합니다.
마치 여기서 지금 잠자고 있는 이 사람이
헤엄치고 있다는 것만큼이나 불가능하지요.

시배스천   왕자가 익사하지 않았다는

희망은 없지요.

앤토니오   아, 바로 그 '희망은 없지요'에서

위대한 희망이 당신에게 솟아나는 것입니다!
이쪽에 희망이 없다는 것은 저쪽에는 아주 큰 희망이
있다는 것입니다. 어찌나 큰 희망인지 야심까지도
그 너머를 보지 못하며, 오히려 드러난 자신의 행운을 의심하지요.
퍼디넌드가 익사했다는 내 말은 인정하오?

시배스천   그는 갔소.

앤토니오   그렇다면 그다음으로

나폴리를 이어받을 사람은 누구요?

시배스천   클래리벌.

앤토니오 튀니스의 왕비가 된 공주, 사람이 일생 동안

가도 미칠 수 없을 먼 곳에 사는 공주,
태양이 사신으로 달려오지 않는 한—
달 속의 사람은 너무 느리기 때문에—갓난아이의 턱에
수염이 자라 면도할 수 있을 때까지는

나폴리의 소식을 들을 수 없는 공주, 바로 그 공주와
작별하고 돌아오던 우리 모두를 바다가 삼켰지요.
비록 그중 일부는 다시 떠올라서 숙명적으로 한 막을
공연했지만. 지나간 일은 이것의 서막이며,
앞으로 남은 부분은 당신과 나의 연기에 달려 있어요.

시배스천 그것은 무슨 소리요! 무슨 말이오?
물론 내 형님의 딸이 튀니스의 왕비님이란 건 사실이며,
그녀가 나폴리의 후계자임도 사실이오. 두 지역 사이에
거리가 꽤 있는 것 또한 사실이오.

앤토니오   그 거리의 한 자(尺) 한 자가
소리치는 듯합니다. '어떻게 클래리벌이 이 먼 거리를 거쳐
나폴리로 돌아가겠는가? 그는 튀니스에 있도록 하고
시배스천은 잠을 깨도록 하여라.' 가령 지금 이들을
차지하고 있는 이 잠이 죽음이라면, 이들은
지금보다 더 나빠질 것도 없지요.
지금 잠자고 있는 저 사람과 마찬가지로 나폴리를
잘 통치할 사람이 있을 것입니다.
이 곤잘로와 같이 수다스럽게 불필요한 말을 지껄일 대신들도
있을 것입니다. 나 자신도 그 정도 지껄여대는
까마귀가 될 수 있답니다. 아, 당신이 내가 품고 있는
것과 같은 마음이라면 이 잠은 당신의 출세를 위해서
참 좋은 것이 될 터인데! 내 말을 알아들으시겠소?

시배스천 알 듯하오.

56

앤토니오　　　　　　　그렇다면 당신은 마음속으로

　　　당신의 이 행운을 어떻게 생각하시오?

시배스천　당신은 당신의 형 푸로스퍼로를 밀어젖히고

　　　올라앉았다고 기억하는데요.

앤토니오　　　　　　　　　　　사실이오.

　　　자, 보시오, 나의 옷이 얼마나 내게 잘 어울립니까?

　　　전보다 훨씬 더 잘 맞습니다. 내 형의 하인들이

　　　그 당시에는 내 친구들이었으나 지금은 내 하인들이지요.

시배스천　그러나 당신의 양심으로 말할 것 같으면―

앤토니오　아니, 양심이 어디에 있어요? 그것이 발꿈치에 입은

　　　동상이라면 덧신이나 신어야겠지만,

　　　하지만 그러한 신(神)적인 것이 내 가슴속에는 없습니다.

　　　설사 양심이 스무 개쯤 나와 밀라노 대공의 지위 사이에

　　　끼여 있다고 해도 난 그것들을 얼어붙거나 녹아버리도록 하여

　　　나를 괴롭히지 못하게 하겠소! 여기 당신의 형이 누워 있습니다.

　　　그는 그가 깔고 누운 흙보다 나을 것이 없습니다.

　　　지금 겉으로 보이는 대로라면 말입니다.

　　　즉, 그는 죽은 것이니까요. 그를 나는 이 충실한 칼로써―

　　　칼끝이 3인치나 되는데―영원히

　　　잠자리에 누일 수 있습니다. 한편 당신은 이렇게 함으로써

　　　이 노구, 이 신중한 대신을 영원히 잠재울 수 있어요.

　　　이자가 우리의 행동을 비난하지 못하도록 말이오.

　　　나머지 사람들로 말할 것 같으면 그들은 마치 고양이가

우유를 핥듯이 유혹을 받아들일 것이며, 우리가

시의적절한 일이라고만 하면 어떤 일에나

순응할 것이외다.

시배스천 친구여, 그대의 경우를

나의 선례로 삼겠소. 당신이 밀라노를 획득한 것과 같이

나는 나폴리를 손안에 넣겠소. 칼을 뽑으시오. 그대가 일격만

가하면 그대는 바치는 조공을 면제받게 될 것이고,

왕이 된 나는 그대를 총애하게 될 것이오.

앤토니오 같이 칼을 뽑읍시다.

내가 손을 올릴 때 당신도 그와 같이 하여

곤잘로를 내리치시오.

시배스천 아, 한마디만. (그들은 비켜서서 이야기한다)

음악과 노래가 들리며, 눈에 보이지 않는 에어리얼이 재등장.

에어리얼 나의 주인님께서 마술을 써서 그분의 친구인 당신이

처한 위험을 미리 알아내시고, 나를 보내서 당신을 구하도록

하셨어요. 그렇게 안 되면 그분의 계획이 죽어버리게 된답니다.

(곤잘로의 귓가에 노래 부른다)

그대가 이곳에 누워 코 고는 동안

눈을 뜬 음모가

기회를 노리고 있다.

만약 그대가 목숨을 중히 여긴다면

잠을 떨쳐버리고 경계하라.

잠을 깨라, 잠을 깨라!

앤토니오 그러면 속히 합시다.

곤잘로   (잠을 깨면서) 아, 천사들이여,

임금님을 보호해주시옵소서!   (다른 사람들도 잠을 깬다)

알론조 무어냐! 다들 일어났느냐? 그대들은 왜 칼을 뽑아 들었느냐?

왜 이렇듯 험상궂은 얼굴을 하고 있는가?

곤잘로   무슨 일이오?

시배스천 저희들이 여기서 전하의 휴식을 안전하게 지키며

서 있는데 바로 지금 황소, 아니 사자들의 낮은 울음소리를

들었습니다. 그 소리가 전하를 잠에서 깨우지 않았습니까?

제 귀에는 몹시 사납게 들렸습니다.

알론조   나는 아무것도 듣지 못하였다.

앤토니오 아, 그것은 괴물의 귀라도 놀라게 만들 소리요,

지진과도 같은 소리였습니다. 확실히 한 떼의

사자들이 내는 울음소리였습니다.

알론조   곤잘로, 그대도 그 소리를 들었나?

곤잘로 실상 저는 콧노래 소리를 들었습니다.

하도 괴상한 소리여서 제가 잠을 깼습니다.

그래서 전하를 흔들어 깨우며 소리쳤습니다. 제가 눈을 떠보니

이들의 칼이 겨누어져 있었습니다. 진정 소리도 났습니다.

저희가 직접 파수를 서는 것이 가장 좋겠습니다.

아니면 이곳을 떠나든지요. 우리도 칼을 뽑아 들어야 합니다.

알론조 이곳을 떠나세. 인도하게. 그리고 불쌍한

내 아들을 더 찾아보도록 하세.

곤잘로 그분이 하느님의 가호로 이 짐승들로부터 보호받기를!

왕자님은 틀림없이 이 섬에 계시니까요.

알론조   앞장서라.

에어리얼 내가 한 일을 주인님 푸로스퍼로께 알려드려야지.

그러면 임금님, 무사히 가시어 왕자님을 찾아보세요. (모두 퇴장)

2장
섬의 또 다른 곳.

캘리밴이 나뭇짐을 지고 등장. 우렛소리가 들린다.

캘리밴 태양이 수렁, 늪, 갯바닥에서 빨아들이는

모든 독기가 푸로스퍼로에게 떨어져라. 그래서 그자의

몸 구석구석이 병들게 하여라! 그의 정령들이 내 말을

엿듣고 있지만 나는 저주할 수밖에 없다. 그래도 정령들이

그자의 명령 없이는 꼬집고, 도깨비장난으로 나를 놀라게 하고,

늪 속에 나를 처박고, 어두움 속에서 번득이는 관솔같이

내가 길을 잃게 만들지는 않을 거다.

그는 사사건건 정령들을 나에게 덤벼들게 한단 말이야.
때로는 원숭이처럼 입을 삐죽거리며 나에게 잔소리해대고
그다음엔 나를 깨물고 한단 말이야. 그러고는 고슴도치처럼
내 맨발 길목에 뒹굴고 있다가 내가 발을 내려디딜 때
가시들을 일으켜 세운단 말이야. 때로는 독사들이
내 온몸을 휘감고는 갈라진 혓바닥으로
힉힉거려서 나를 미치게 하고.

트린큘로 등장.

이것 봐라!
그자의 정령 하나가 오는구나. 나무를 늦게 옮긴다고
나를 괴롭히려는가 보다. 납작 엎드려야지.
나를 보지 못하도록.

트린큘로 이 고장에는 비바람 불 때 피신할 숲이나 관목이 없구나. 폭
풍이 또 일려는 듯 바람 소리가 들리고, 저기 있는 저 큰 검은색
구름 덩어리가 추악한 술 단지처럼 보이니, 비를 내리쏟을 듯하
구나. 요전처럼 또 천둥이 울면 머리를 어디에 숨겨야 할지 모
르겠는걸. 저기 저 구름은 물을 쏟아버리지 않고는 못 배길 거
다—이건 뭐지? 인간이야, 물고기야? 죽었나, 살았나? 물고기
다. 이게 생선 냄새를 피우는데. 아주 오래된 생선 냄새야. 소금
에 절인, 좀 오래된 대구 같군. 괴상한 물고기로다! 내가 지금
영국에 있다면—한때 거기 있었듯이—이 물고기를 간판에 그

려서 세워놓으면 축제 기분의 얼간이치고 은전 한 푼 안 내놓을 자가 없을 것이다. 영국에서라면 이 괴물로 한재산 모을 수 있지. 괴상한 동물이라면 어느 것이나 한몫 잡게 해주지. 영국인들은 절름발이 거지를 돕기 위해서는 동전 한 푼 안 내놓지만 죽은 인디언을 보기 위해서라면 열 푼도 내놓으니 말이다. 사람과 같은 다리를 했구나! 지느러미는 팔 같고! 정말이지 따뜻한데. 이제 내 견해는 버려야겠는걸. 더 이상 고집할 수가 없군. 이건 물고기가 아니라 섬사람이구나. 아까 친 벼락에 다쳤는가보다. (천둥소리) 이크! 또 폭풍이 오는구나. 가장 좋은 수는 이자의 옷 속으로 기어 들어가는 것이다. 다른 피난처라고는 주위에 없으니. 불행은 사람을 괴물과 동침하게 하는군. 이 폭풍우가 지나갈 때까지 여기에 피신해야겠는걸.

스테퍼노가 노래를 하면서 등장. (손에는 술병이 들려 있다)

스테퍼노　　이제는 안 간다. 바다엔, 바다엔.
　　　　　　이곳 해안가에서 죽을 테다 ―

이것은 장례식에서 하는 노래치고는 매우 야한 곡이구나,
여기 내 기분을 돋우는 것이 있지.　　　　　　(술을 들이켠다)

　　　선장, 갑판닦이, 수부장과 나,
　　　포수와 그의 조수는

맬, 메그, 마리언과 마저리를 사랑했으나

우리 중 아무도 케이트는 좋아하지 않았다.

그녀는 날카로운 혀로써

한 선원에게 '목이나 매라'고 했기 때문에.

그녀는 타마유나 피치 냄새도 싫어했다.

다만 재봉사만이 그녀의 가려운 데를 긁어줄 수 있었지.

그러니 사내들이여, 바다로 가라. 그녀가 목을 매도록!

이것 역시 야한 노래네. 하지만 여기에 내 위안이 있다.

(술을 들이켠다)

캘리밴 날 아프게 하지 마라, 아이고!

스테퍼노 이건 뭐야? 이곳에 악마들이 있는 건가? 뭐, 야만인과 인디언 들을 가지고 나를 속여보려고? 하, 나는 물에서도 빠져 죽지 않고 나왔는데 너희 네 다리를 무서워할 성싶으냐? 옛말대로 일찍이 네발로 걸어 다닌 가장 훌륭한 사내도 나를 굴복시킬 수 없다는 게 아니더냐. 스테퍼노가 콧구멍으로 숨을 쉬는 동안은 이 말이 되풀이되도록 할 테다.

캘리밴 정령이 나를 아프게 한다. 아이고!

스테퍼노 이것은 네발 달린 이 섬의 괴물인 모양인데 아마 지금 학질에 걸린 듯하다. 도대체 이자가 우리 말을 어디에서 배웠을까? 그 때문에라도 그의 고통을 좀 덜어줘야겠다. 만약 내가 이놈을 회복시켜 길들여서 나폴리로 데려간다면 이놈은 일찍이 암소가죽 구두를 신고 다니는 어떤 황제에게도 근사한 선물이 될 것이다.

캘리밴 제발, 날 아프게 하지 마라. 내 나무를 좀 더 빨리 나르겠으니.

스테퍼노 저놈은 발작 중이라 지각 있는 말을 못하고 있다. 놈에게 내 술맛을 보게 해야지. 전에 술 마셔본 적이 없다면 이 술은 놈의 발작을 없애줄 것이다. 만약 내가 놈을 회복시켜 길들인다면 나는 무한정으로 돈을 받고 놈을 팔 수 있을 것이다. 사겠다는 자에게서 톡톡히 돈을 받아내야지.

캘리밴 너는 지금 나를 조금 아프게 할 뿐이지만 곧 본격적으로 아프게 하겠지. 네가 떠는 것을 보면 알 수 있다. 지금 푸로스퍼로가 네게 마술을 걸고 있는 거다.

스테퍼노 자, 어서 입을 벌려라. 고양이야, 이것을 마시면 말을 할 수 있게 된다. 입을 벌려라. 내가 장담하는데 이것을 마시면 떨리는 기운을 없애줄 것이다. 아주 깨끗이. 너는 친구도 몰라보는구나. 다시 아가리를 벌려.

트린쿨로 저 목소리는 내가 알 듯한데. 이 목소리는ㅡ하나 그자는 익사했다. 이것은 악마들일 것이다. 오, 나를 지켜주시옵소서!

스테퍼노 네 개의 다리에다가 목소리는 둘이라, 참 몹시도 희한한 괴물이로구나! 이놈의 앞소리는 자기 친구를 좋게 말하고, 뒷소리는 욕설을 내뱉고 험상궂다. 이 병 속의 모든 술이 놈을 회복시킨다면 나는 그의 학질이 낫도록 도와주는 것이리라. 자, 아멘! 나는 너의 다른 입에다가도 술을 좀 부어 넣겠다.

트린쿨로 스테퍼노!

스테퍼노 너의 다른 입이 나의 이름을 부르다니? 살려주시오! 살려주시오! 이건 악마지 괴물이 아니군. 이자를 떠나야겠다. 나는 긴 숟가락을 갖고 있지 않으니까.*

트린큘로 스테퍼노!―만약 그대가 스테퍼노라면 나를 좀 만져보고 얘기를 해라. 난 트린큘로다. 두려워 마라―그대의 친구 트린 큘로다.

스테퍼노 만약 네가 트린큘로라면 나오너라. 내가 작은 다리들을 잡 아당길 테니. 트린큘로의 다리가 여기 있다면 이것이 바로 그의 다리 맞군. 너는 정말 트린큘로구나! 어떻게 해서 너는 이 얼간이 의 똥이 되었나? 이놈이 트린큘로를 똥같이 싸놓을 수 있을까?

트린큘로 나는 스테퍼노가 벼락에 맞아 죽은 줄 알았다. 그런데 스테 퍼노, 너 익사하지 않았어? 지금에 와서는 네가 익사하지 않았 기를 바란다. 폭풍우가 자는가? 나는 폭풍우가 두려워서 이 죽 어 넘어진 괴물의 옷 밑에 숨었었다. 그래 스테퍼노, 너 살아 있 는 거냐? 오, 스테퍼노! 두 나폴리 사람이 살아남았군!

스테퍼노 제발 나를 빙빙 돌리지 말게. 내 위장은 실하지가 못해.

캘리밴 (방백) 이자들이 정령이 아니라면 좋은 사람들인가 보다.

저 사람은 훌륭한 신이고 천상의 술을 갖고 있어.

내 그에게 무릎을 꿇어야지.

스테퍼노 너는 어떻게 살아남았는가? 어떻게 여기에 오게 되었나? 이 술병에 걸고 맹세하게. 어떻게 이곳에 왔는가? 이 술병에 걸고 맹세하는데 난 선원들이 물속으로 내던진 술통을 타고 피신하 였다. 이 술병은 내가 직접 나무껍질로 만들었지. 해안으로 올

---

* 악마와 식사를 함께 하려면 긴 숟가락이 필요하다는 옛말에서 나온 것.

라온 후에 말이야.

캘리밴　저 술병에 걸고 맹세하겠습니다. 나는 당신의 참다운 신하가 되겠습니다. 그 술이 이 지상의 것이 아니기 때문입니다.

스테퍼노　자, 그럼 맹세하게. 자네가 어떻게 살아 나왔는가?

트린큘로　이 사람아, 오리같이 헤엄쳐 나왔지. 나는 오리만큼 헤엄칠 수 있어, 맹세코.

스테퍼노　(트린큘로에게 술병을 내주면서) 자, 이 성경에 입 맞춰. 자네는 오리처럼 헤엄은 칠지 몰라도 모습은 거위인걸.

트린큘로　오, 스테퍼노! 이 술 좀 더 있어?

스테퍼노　한 통 가득 있네, 이 사람아. 내 저장실은 해변의 바위 속인데, 그곳에다 술을 감추어두었다네. 그래 얼간아, 너의 학질은 좀 어때?

캘리밴　당신은 하늘에서 내려오지 않았습니까?

스테퍼노　확언하건대, 달에서 내려왔지. 나는 한때는 달나라 사람이었다.

캘리밴　저는 달나라에 있는 당신을 본 적이 있으며, 당신을 사모해요. 달님께서 당신과, 당신의 개와 당신의 숲을 저에게 보여주었지요.

스테퍼노　자, 그것에다 맹세해. 이 성경에 입 맞춰, 내 곧 그것을 새로 채워주마, 맹세코.　　　　　　　　　　　(캘리밴이 술을 들이켠다)

트린큘로　햇빛에 걸고 맹세컨대, 이놈은 매우 천한 괴물이로군! 내가 이놈을 무서워했다니! 매우 허약한 괴물! 달나라 사람이라고? 참, 속기도 잘하는 괴물이군! 잘도 취했구나, 이 괴물아, 정말.

캘리밴　제가 당신에게 이 섬의 모든 옥토를 다 안내하겠습니다.

당신 발에 입도 맞추겠습니다. 원컨대, 저의 신이 되어주십시오.

트린쿨로 햇빛에 걸고 맹세코, 매우 불경한 데다 술 취한 괴물이군.
그의 신이 잠들면 저자는 술병도 훔칠 거야.

캘리밴 당신 발에 입 맞추겠습니다. 전 당신의 신하가 될 것을 맹세합
니다.

스테퍼노 자, 그러면 몸을 굽히고 맹세하여라.

트린쿨로 이 강아지 머리를 한 괴물을 좀 보게. 우스워 죽겠는걸. 몹시
도 천박한 괴물이로구나! 이놈을 패주고 싶은 마음이 생기네ㅡ

스테퍼노 자, 입 맞춰.

트린쿨로 술만 안 취했어도. 망측스러운 괴물 같으니!

캘리밴 제가 가장 좋은 샘물들로 안내해드리겠습니다. 당신에게
딸기를 따 드리고, 물고기를 낚아 드리고, 나무를 충분히
해다 드리겠습니다. 제가 섬기는 폭군에게는 염병이나 내리라죠!
그자에게는 이제 나무 한 토막 갖다주지 않고,
당신을, 훌륭한 인간 당신을 따르겠습니다.

트린쿨로 몹시 어리석은 괴물, 이 주정뱅이를 신기한 물건으로 생각
하다니!

캘리밴 능금이 자라는 곳으로 당신을 안내하게 해주십시오.
그리고 저는 긴 손톱으로 땅콩을 따 드리겠습니다.
당신에게 여치 집을 보여드리고 발 빠른 원숭이를
덫으로 잡는 법을 가르쳐드리겠습니다. 주렁주렁 송이들이
달려 있는 개암나무에도 안내해드리고, 때로는 바위에서
갈매기 새끼들도 잡아다 드리겠습니다. 저와 함께 가시겠어요?

스테퍼노 그럼, 안내하게. 말은 그만하고 말이다. 트린큘로, 왕과 우리의 일행 모두가 익사하였으니 우리 이 섬을 차지하세—자, 이 술병을 들고 가라—트린큘로, 이 병을 곧 다시 채우기로 하세.

캘리밴 (술에 취하여 노래 부른다) 안녕, 주인님, 안녕, 안녕!

트린큘로 울부짖는 괴물, 술 취한 괴물!

캘리밴 고기 잡는 둑을 더 만들지 않으련다,

　　　　　땔나무도 나르지 않으련다.

　　　　　요청을 해도.

　　　　　목판 그릇을 문질러 닦지도 않고, 접시를 씻지도 않고.

　　　　　밴, 밴, 캐—캘리밴은

　　　　　새 주인을 모셨다. 새 사람을 얻었다.

　　야! 야, 자유다! 자유야, 자유!

스테퍼노 훌륭한 괴물이로다! 길을 안내하여라. 　　　　　　(모두 퇴장)

3막

1장
푸로스퍼로의 오두막 앞.

퍼디넌드가 통나무를 메고 등장.

퍼디넌드 어떤 놀이는 많은 노력을 요구하지만 그 재미가
고생한다는 생각을 없애준다. 천한 일 하기를 참는 것은
고상한 일이며, 별로 중요하지 않은 의무들이
값있는 결과를 낳을 수 있다. 내가 하고 있는 이 천한 일은
내가 섬기는 여주인이 죽은 것들에 생명을 불어넣고
나의 노동을 기쁨으로 돌려주니 망정이지
증오스럽고 힘든 일이었을 것이다. 아, 그녀는
성미 까다로운 그 부친에 비하면 열 배나 더 상냥하다.

그 아버지의 성격은 철두철미 모질어.

가혹한 명령에 따라 나는 이 수많은 통나무를 옮겨다가

쌓아놓아야 한다. 아름다운 나의 여주인은 내가 일하는 것을

보면 눈물을 흘리며 그렇게 천한 일은

내게 처음일 거라고 말한다. 내 정신 좀 봐. 하지만 이러한

달콤한 생각들은 고된 일을 잊게 해주고, 가장 바쁘게

일할 때도 그렇게 해준다.

미랜더 등장. 멀찍이 푸로스퍼로가 눈에 띄지 않게 등장.

미랜더   안되셨어요! 제발

그처럼 열심히 일하지 마셔요. 번갯불이라도 일어나

당신이 쌓도록 명령받은 이 통나무들을 다 태워버렸으면 해요.

제발 앉아서 쉬셔요. 이것은 탈 때,

당신을 괴롭힌 것을 뉘우쳐 눈물 흘릴 거예요.

저의 아버지는 공부하느라고 여념이 없습니다. 제발 쉬셔요.

지금부터 세 시간 동안은 안심해도 될 거예요.

퍼디넌드   가장 아름다운 여인이여,

그러다간 내가 애써 해도 못다 할 일을 마치기 전에

해가 질 것입니다.

미랜더   당신이 앉아 쉬는 동안

제가 나무를 나를게요. 그걸 저에게 주세요.

제가 그것을 갖다 쌓겠어요.

퍼디넌드   안 됩니다. 아름다운 여인이여,

나는 곁에 하는 일 없이 앉아 있고, 당신이 이런 천한 일을

하도록 한다면 나는 차라리 내 힘줄을 끊어버리고

내 등을 부숴버리겠습니다.

미랜더   이 일이 당신에게 어울린다면

저에게도 그럴 것입니다. 그뿐만 아니라 저는 이 일을

더 쉽게 할 수 있어요. 왜냐하면 저는 그 일을

하고 싶어서 하겠지만 당신은 싫은 일을 하는 것이기 때문이지요.

푸로스퍼로 (방백) 가련한 것! 넌 사랑 병에 걸렸어.

여길 찾아온 것이 그 증거야.

미랜더   당신은 피곤해 보이셔요.

퍼디넌드 아니오, 고상한 여인. 밤이라고 해도 당신만 곁에 있으면

나에게는 언제나 신선한 아침입니다. 청이 있습니다.

기도드릴 때 끼워 넣으려고 합니다만

당신의 이름은 무엇입니까?

미랜더   미랜더 — 이런! 아버지,

당신의 분부를 어기고 이름을 알려주고 말았군요.

퍼디넌드   찬탄을 자아내는 미랜더!

진정 찬탄의 극치! 이 세상에서 가장 고귀한 여인!

나는 수많은 여인들을 가까이 눈여겨본 바 있고, 또 여러 차례

그들은 조화로운 목소리의 아름다움으로 탐닉하는 나의 귀를

  사로잡았습니다.

각기 다른 미덕을 갖고 있으므로 해서

나는 여러 다른 여인을 좋아한 적도 있습니다. 다만 그들은
누구나 완벽하지 못하고, 어떤 결점을 갖고 있었는데
그 결점이 각기 자신들의 최고의 미덕과 싸움을 벌여
미덕을 패배시키고 말았죠. 그러나 당신은, 오 당신만은
완벽하고 비길 데 없는 여인이기에 다른 사람들의
장점들만 지니고 태어난 듯하군요!

미랜더   전 여자라고는 한 사람도 알지 못해요.
어느 여인의 얼굴도 기억하는 바 없어요. 물론 거울을 통해 본
저 자신의 얼굴을 빼고는 말예요. 남자라고 할 수 있는 사람도
저는 당신과 제 아버지 이외에는 본 적이 없답니다.
다른 나라에 있는 사람들의 모습이 어떠한지도 저는 모릅니다.
그러나 저 자신의 것 중 가장 값진 저의 겸손에 걸고 맹세하지만
저는 이 세상에서 당신 이외의 친구는 바라지 않아요.
또 아무리 상상해보아도 당신 이외에는 좋아할 수 있는
인물을 그려볼 수 없을 거예요. 그런데 제가 너무나 분별없이
지껄이면서 아버지의 가르침까지 잊었네요.

퍼디넌드   나는 신분이 왕자요, 미랜더.
아니 왕이 되었다고 생각하오 — 왕이 안 되었기를
바라는 마음 간절하나! — 그리고 내가 이 통나무
나르는 노역을 참고 싶지 않은 마음은
쉬파리가 나의 입에 쉬를 스는 것을 참을 수 없는 것과 같소.
제 진심의 말을 들어주오, 당신을 보는 순간
나의 마음은 당신에게 날아가서 당신의 부림을 받고자 했소.

나는 당신이 나를 노예로 삼아주도록 거기에 머물렀소. 오로지

당신 때문에 나는 이렇게 참으면서 나무를 나르고 있소이다.

미랜더   저를 사랑하세요?

퍼디넌드   오, 하늘! 오, 땅! 이 음성에 대한 증인이 되어주옵소서.

그리고 저의 말이 진실이라면 제가 하는 사랑의 고백이

번영을 낳도록 보살펴주옵소서. 만약 저의 말이 거짓이면

저에게 약속된 모든 행운을 다 악으로 돌려주소서!

이 세상의 그 무엇보다도 난 당신을

사랑하고, 소중히 여기고, 존경하오.

미랜더   전 바보예요.

기쁜 일에 울다니.

푸로스퍼로   (방백) 가장 훌륭한 두 사랑의 아름다운 만남이로다!

하느님이여, 자라는 이들의 사랑 위에

은총을 부어주시옵소서!

퍼디넌드   무엇 때문에 우시오?

미랜더   제가 값어치 없다는 것을 생각하고서요!

드리고 싶은 것을 감히 저는 바치지 못하겠어요.

더욱이 제가 죽고 싶도록 원하는 것을 감히 받을 수도 없고요.

하지만 부질없는 일이에요. 저의 사랑은 자신을 숨기려고

하면 할수록 더 큰 몸집을 드러내고 있어요.

물러나라, 수줍은 수작이여!

솔직하고 지순한 천진난만이여, 나의 마음을 움직여달라!

당신이 저와 결혼해주시면 전 당신의 아내가 되겠어요.

만약 그렇게 안 해주시면 저는 당신의 하녀로서 살다 죽겠어요.

제가 당신의 인생 반려자가 되는 것을 당신이 거절하신다면

전 당신이 허락하건 안 하건 당신의 하녀가 되겠어요.

퍼디넌드   내 가슴의 주인, 내 사랑이여,

이렇게 몸을 굽혀 언제나 받들겠소.

미랜더   그러면 저의 남편이 되어주시겠어요?

퍼디넌드 그렇소. 죄의 속박이 풀려 자유로운 몸이 되기를 바라는

것과 같은 간절한 마음으로. 여기, 약혼 서약의 내 손이오.

미랜더 그리고 이건 제 마음이 담긴 제 손이어요. 그럼 안녕.

반 시간 정도만 다녀오겠어요.

퍼디넌드   수천, 수만의 안녕이라도!

                         (퍼디넌드와 미랜더가 각기 퇴장)

푸로스퍼로 나의 기쁨은 그들의 것만큼은 클 수 없겠지.

이들의 기쁨은 갑작스레 생긴 일에 대한 놀라움으로

고조되어 있으니까. 어쨌든 내 기쁨이 더 이상 클 수가 없구나!

나의 책에게로 가자! 저녁 식사 때가 되기 전에

아직도 해야 할 일이 많다.   (퇴장)

2장
섬의 또 다른 곳.

캘리밴, 스테퍼노, 트린쿨로 등장.

스테퍼노 잔말 마. 술통이 비어야만 물을 마시련다. 그 전에는 한 방울도 안 마셔. 자, 적선(敵船)에 올라갈 때처럼 잔을 비우자! 괴물 하인아! 나를 위해서 건배해라.

트린쿨로 괴물 하인이라! 어리석은 섬이로다! 이 섬에는 다섯 사람밖에 없다고 하였겠다. 우리만 해도 벌써 셋인데 만약 나머지 두 사람도 머리가 우리와 같다면 이 나라는 비틀비틀하겠는걸.

스테퍼노 괴물 하인아, 내가 명령하면 마셔야지. 너의 눈은 흐려져서 머릿속에 들어 있는 듯싶구나.

트린쿨로 그런 눈이 그 이외 어디에 박혀 있겠어? 만약 눈이 꼬리에 달려 있다면 이놈은 꽤나 근사한 괴물일 텐데.

스테퍼노 내 괴물 하인은 혀를 술 자루에 담가버렸어. 나로 말할 것 같으면 바다도 나를 익사시킬 수 없었는데. 난 정말이지 해안에 도달하기 위해서 쉬었다 갔다 하면서 35리그나 헤엄을 쳤단 말이야. 괴물아, 난 너를 나의 부관이나 기수로 삼으련다.

트린쿨로 부관이 제격일 거야. 그는 설 수 없으니 기수는 못 되지.

스테퍼노 괴물 양반, 우린 달아나는 짓은 안 해.

트린쿨로 아예 걷지도 않을걸. 개같이 누워 거짓말만 하고. 아니, 말도 못하지.

스테퍼노 얼간아, 그러나 네가 정말 얼간이라도 생전에 말은 한번 해야 될 게 아니냐.

캘리밴 주인님, 안녕하세요? 당신의 구두를 핥아드릴까요? 저 사람은 섬기지 않겠습니다. 저분은 용감하지 못해요.

트린큘로 거짓말 마라, 이 가장 무지한 괴물아. 순사(巡査)도 밀쳐낼 나다. 정신없이 취한 이 물고기야, 오늘 나만큼이나 술을 마신 사람치고 겁쟁이를 본 일이 있는가? 반은 물고기 반은 괴물이라고 해서 괴물 같은 거짓말을 할 셈이냐?

캘리밴 저 봐요! 저자가 저를 모욕해요. 임금님, 그래 저자를 그대로 내버려두실 작정이세요?

트린큘로 '임금님'이라! 이런 바보 같은 괴물도 있단 말인가!

캘리밴 이, 이보세요, 또 그럽니다. 이자를 물어 죽여주십시오.

스테퍼노 트린큘로, 혀를 머릿속에 잘 간수하게. 만약 반항하면 가장 가까이 있는 나무에 매달겠다. 이 불쌍한 괴물은 내 신하이기 때문에 그가 모욕당하는 것을 나는 방관하지 않겠다.

캘리밴 임금님, 감사합니다. 제가 올린 소청을 한번 더 들어주시겠습니까?

스테퍼노 그래라. 무릎을 꿇고 되풀이해보아라. 나는 서 있겠다. 트린큘로도 설 것이다.

에어리얼이 눈에 보이지 않는 모습으로 등장.

캘리밴 앞서 말씀드린 대로 저는 폭군의 종입니다. 마술쟁이인 그는 마술로써 사기를 쳐 이 섬을 저에게서 빼앗았습니다.

에어리얼 거짓말이다.

캘리밴 네가 거짓말한다. 웃기는 원숭이 같으니라고!

　　　　용맹한 나의 임금께서 너를 죽여버렸으면 좋겠다.

　　　　난 거짓말 안 한다.

스테퍼노 트린큘로, 만약 네가 이자의 말을 더 이상 방해하면 정말로

　　　　내가 이 손으로 너의 이를 몇 개 뽑아버리겠다.

트린큘로 왜, 난 아무 말도 안 했는데.

스테퍼노 그러면 입을 다물고 더 말하지 말게. 계속해보아라.

캘리밴 그자가 마술을 써서 이 섬을 차지했다니까요.

　　　　저에게서 뺏어 간 것이지요. 만약 임금님께서

　　　　이에 대한 복수를 그자에게 해주시면—

　　　　저는 당신께서 그러실 수 있음을 알고 있습니다.

　　　　그러나 이 사람은 감히 못하지요—

스테퍼노 그건 어김없는 사실이고.

캘리밴 당신을 이 섬의 임금님으로 모시고 섬기겠습니다.

스테퍼노 그런데 이 일을 어떻게 해낼 수 있겠는가? 나를 그자에게 데

　　　　려다줄 수 있겠나?

캘리밴 네, 네, 임금님. 그자가 잠들어 있을 때 그자를

　　　　당신에게 넘겨드리겠습니다. 당신은 그자의 머리에

　　　　못을 박아 넣을 수 있을 것입니다.

에어리얼 거짓말이다. 넌 그렇게 할 수 없다.

캘리밴 때때옷 입은 어릿광대 같은 놈! 비열한 광대야.

임금님, 제발 이자를 두들기고 술병을 뺏어버리십시오.

그것이 없어지면 짠 바닷물밖에 못 마실 것입니다.

저도 저자를 샘물이 솟는 곳에 안내하지 않겠습니다.

스테퍼노 트린큘로, 더 이상 위험한 짓을 하지 말게. 이 괴물의 말을
한마디만 더 방해하면 자네를 문밖으로 내쫓고 절여 말린 대구
신세로 만들어버리겠다.

트린큘로 그래, 내가 뭘 어쨌다는 거야? 난 아무것도 안 했는데. 좀 더
떨어져 있어야겠군.

스테퍼노 저자가 거짓말한다고 하지 않았어?

에어리얼 거짓말이다.

스테퍼노 내가 거짓말한다고? 한 대 먹어봐라. (트린큘로를 때린다)
맛이 좋으면 또 나의 말을 반박해봐라.

트린큘로 난 네 말에 반박한 적이 없어. 넌 정신이 나가고 귀도 먹었
어? 염병할 술병! 이게 다 술통과 음주의 결과로다. 염병에나
걸릴 괴물 같으니. 네 손가락들을 악마가 가져가면 좋겠다.

캘리밴 하, 하, 하!

스테퍼노 자! 이야기를 계속해봐라. — 넌 제발 좀 떨어져 서 있어라.

캘리밴 그자를 실컷 두들겨주십시오. 그리고 잠시 뒤에
저도 그를 두들기겠습니다.

스테퍼노   더 멀리 비켜서라. 자, 계속하여라.

캘리밴 네, 말씀드린 대로 그자는 오후에 자는 것이
습관이 되어 있습니다. 그때 그자의 책만
빼앗아버리면 그자의 골통을 부술 수 있지요.

혹은 통나무를 가지고 그의 두개골을 패거나,

작대기로 그자의 배를 찌를 수도 있습니다.

아니면 당신의 칼로써 그자의 숨통을 끊어버릴 수도 있고요.

우선 그자의 책을 수중에 넣어야 함을 잊지 마십시오.

책만 없으면 그자는 나와 마찬가지로 돌대가리이며

부릴 수 있는 정령은 단 하나도 갖지 못하게 된답니다.

정령들은 모두 그자를 나만큼이나 뿌리 깊이

증오하고 있습니다. 그자의 책만 태워버리십시오.

그자는 자기 말대로라면 찬란한 가구들을 갖고 있습니다.

집이 생기면 이것들을 가지고 꾸밀 작정입니다.

그리고 가장 고려해볼 만한 것은

그자의 딸의 아름다움이지요. 그 자신이

그녀를 비할 데 없는 미인이라고 부른답니다. 저는 저의 어머니

시코랙스와 그녀 이외에는 여자를 보질 못했습니다.

한데 그녀와 시코랙스의 차이는

가장 큰 것과 가장 작은 것의 차이만 하답니다.

스테퍼노   그렇게 근사한 처녀야?

캘리밴 네, 임금님. 그녀는 틀림없이 당신의 잠자리에 어울립니다.

그리고 당신에게 훌륭한 자손을 낳아드릴 것입니다.

스테퍼노 괴물아, 내 그자를 죽이겠다. 그의 딸과 나는 왕과 왕비가

되련다, 국왕 부처를 보호하소서!—트린큘로와 너를 총독으로

삼겠다. 트린큘로, 이 음모가 마음에 드는가?

트린큘로 아주 좋습니다.

스테퍼노 악수하세. 내가 자넬 때린 것 미안하네. 하지만 살아 있는
    동안에는 혀를 머릿속에 잘 간수하게.

캘리밴 지금부터 반 시간 안에 그자는 잠들 것입니다.

    그럼 그때 당신께서 그자를 죽이겠습니까?

스테퍼노 물론이지, 내 명예를 걸고.

에어리얼 이것을 주인님께 알려드려야지.

캘리밴 당신은 저를 명랑하게 만들어주십니다. 저는 지금 기쁨으로
    충만해 있습니다. 우리 기분 한번 내도록 해요. 당신께서
    바로 조금 전에 저에게 가르쳐주신 노랫가락을 부르시지요?

스테퍼노 괴물아, 네가 청한다면 어떤 것도 들어주겠다. 자, 트린큘
    로, 우리 노래 부르세.   (노래 부른다)

    그들을 조롱하든, 그들을 무시하든,
    그들을 무시하든, 그들을 조롱하든
        생각은 자유다.

캘리밴 곡조는 그렇게 되어 있지 않던데요.

                    (에어리얼이 작은 북과 피리로 그 곡을 연주한다)

스테퍼노 이건 무어야?

트린큘로 이것이 우리 노래의 곡조인데 몸뚱이가 없는 자의 그림이
    연주하고 있다네.

스테퍼노 그대가 인간이라면 참모습을 드러내어라. 만약 악마이면 네
    멋대로의 형체를 취하여라.

트린쿨로 저의 죄를 용서하여주시옵소서!

스테퍼노 사람은 죽으면 모든 빚을 다 갚는다. 나는 네 말을 받아들이지 않겠다. 저희에게 자비를 베푸소서!

캘리밴 두렵습니까?

스테퍼노 아니다, 괴물아. 난 두렵지 않다.

캘리밴 무서울 것 없어요. 이 섬은 별별 소리와 노래와

달콤한 공기에 싸여 있으며, 이것들은 오직 기쁨을 줄 뿐

해롭지 않습니다. 때로는 각종 악기의 소리가 귀를 울리며,

또 때로는 자장가가 있어 긴 잠에서 깨어나도 또 잠들게 됩니다.

꿈속에서는 구름이 걷혀서 금시라도

각종 보물이 내게 쏟아질 듯하답니다.

그러나 잠에서 깨어나면 다시 꿈나라로 들어가고 싶어서

몸부림친답니다.

스테퍼노 내게는 찬란한 왕국이 되겠구나. 여기서는 음악을 거저 듣겠으니.

캘리밴 푸로스퍼로가 파멸된 후라야지요.

스테퍼노 그것은 곧 이루어질 것이다. 난 그 이야기를 잊지 않고 있다.

트린쿨로 소리가 사라져가는데. 우리 따라가보세. 그리고 그 후에 우리의 일을 행하세.

스테퍼노 인도하여라, 괴물아. 따라가겠다. 이 작은 북을 치는 자를 볼 수 있으면 좋겠는데. 북을 힘차게도 치는구나.

트린쿨로 안 갈 테야? 스테퍼노, 내 따르겠네.　　　　　　　(모두 퇴장)

3장
섬의 또 다른 곳.

알론조, 시배스천, 앤토니오, 곤잘로, 에드리언, 프랜시스코, 기타 사람들 등장.

곤잘로　진정, 더 이상은 못 가겠습니다.

　　　늙은 저의 뼈들이 쑤십니다. 곧은길과 굽은 길로 짜인

　　　이 낯선 고장을 얼마나 빙빙 돌아다녔습니까! 황송스러우나

　　　전 쉬어야만 하겠습니다.

알론조　　　　　　　　연로한 때문이오. 난 그대를 책망할 수 없소.

　　　나 자신 피곤에 사로잡혀서 정신이 둔해졌었소.

　　　자, 앉아서 쉬오. 여기에서 나도 그 희망을 버리고

　　　더 이상 그것의 아첨을 받아들이지 않겠소. 우리가 이렇게

　　　헤매며 찾는 왕자는 익사했소. 바다는 육상에서의 소용없는

　　　우리의 수색을 조롱하고 있소. 이제 그를 잊어버립시다.

앤토니오　(시배스천에게 방백) 왕이 희망을 버리니 참 기쁘오.

　　　한 번 실패했다고 해서 성취하려고 결심한

　　　그 목적을 버리지 마시오.

시배스천　　　　　　　　(앤토니오에게 방백) 다음 기회를

　　　잘 이용해봅시다.

앤토니오　　　　　　　(시배스천에게 방백) 오늘 밤으로 합시다.

　　　저들은 많이 걸어서 잔뜩 지쳐 있기 때문에

정신이 맑을 때처럼 경계를 하지도 않을 것이고
할 수도 없을 것이외다.

시배스천　　　　　(앤토니오에게 방백) 오늘 밤이오. 말은 더 필요 없소.

엄숙하고 귀에 선 음악. 눈에 보이지 않는 푸로스퍼로가 언덕 위에 있다.
몇 개의 이상야릇한 형상들이 등장하여 잔칫상을 들여오고 공손히
인사하는 몸짓으로 그 주변을 춤추며 돈다. 그리고 왕과 다른 사람
들에게 식사할 것을 권한 뒤에 그들은 떠나간다.

알론조　이 화음은 어찌 된 것일까? 들어들 보오.

곤잘로　지극히 달콤한 음악이옵니다!

알론조　하느님, 저희들을 보호하여주옵소서. 이것들은 무엇이었나?

시배스천　살아 있는 꼭두각시극이옵니다. 세상에 일각수가 있다는 말도
이제는 믿을 수 있을 것 같습니다. 또 아라비아에는 불사조
피닉스의 왕좌인 나무가 있으며, 거기에 피닉스 한 마리가
이 시간 군림하고 있다는 말도 믿을 수 있을 것 같습니다.

앤토니오　　　　　　　　　　저는 그 두 가지를 다 믿습니다.
기타 믿기지 않는 다른 이야기도 들으면 저는 그것이 사실임을
맹세하겠습니다. 여행자들은 결코 거짓말하는 법이 없습니다.
그들의 이야기를 믿지 않는 것은 우물 안 개구리들뿐이랍니다.

곤잘로　　　　　　　　만약 제가 지금 이 광경을 나폴리에 가서
이야기한다면 사람들이 저의 말을 믿을까요? 이와 같은
섬사람들을 보았다고 말을 한다면 말입니다. 확실히 이들은

이 섬에 사는 사람들이 틀림없으니까요. 이들은 비록 모양은
괴상하게 생겼지만 그들의 예절로 말할 것 같으면 우리가
인간 세계에서 발견하는 많은 사람들의 것 못지않게
우아하며, 아니 그 누구의 것보다도 더 우아합니다.

푸로스퍼로   (방백) 정직한 대감,

말씀 참 잘하셨소. 거기 당신들 중의 일부는
악마보다도 못한 자들이오.

알론조   감탄 아니할 수 없군.

그 형태, 그 거동, 그 음성. 혀를 사용하지 않고서도
그처럼 훌륭한 무언의 이야기를 표현하고 있으니 말이오.

푸로스퍼로   (방백) 칭찬은 다 끝난 다음에 하셔야지요.

프랜시스코 그들은 묘하게 사라져버렸습니다.

시배스천   괜찮습니다.

음식은 두고 갔으니까요. 우린 배가 고픕니다.
임금님, 이 음식을 잡수어보시지요?

알론조   나는 안 먹겠소.

곤잘로 진정 염려하실 것은 없습니다. 저희가 소년이었을 때
누가 황소같이 턱에 군살이 늘어지고 목에는 돈주머니 같은
살이 달린 산사람들이 있다는 사실을 믿었겠습니까?
또는 머리가 가슴에 붙은 사람들이 있다는 것을 믿었겠습니까?
이제는 무사귀환 시에 다섯 배의 돈을 타낼 수 있게 해주는
믿을 만한 증거를 가지고 돌아갈 수 있을 겁니다.*

알론조   그럼 먹어볼까, 이것이 나의 마지막

식사가 된다고 하여도, 마지막이라도 괜찮다.

나의 전성기는 지나갔으니까. 나의 동생, 나의 대공.

자, 과인처럼 드시구려.

우레와 번개. 에어리얼이 괴조의 모습으로 등장. 식탁을 그의 날개로 두들

기자 잔칫상이 묘하게 사라져버린다.

에어리얼 너희 셋은 죄인이다. 이 하계와 이 속에 있는 모든 것을

지배하는 운명의 신이, 늘상 굶주려 있는 바다로 하여금

너희들을 토해내게 만든 것이다. 그것도 사람이 살지 않는

이 섬에다가 — 인간들 중에서 너희들은 살기에 가장 당치 않은

자들이기 때문이다. 난 너희들을 미치게 만들어놓았다.

그와 같은 만용을 부려서 인간들은 자신을 목매어 죽이고

물에 빠져 죽는다.   (알론조, 시배스천 등이 칼을 뽑는다.)

미련한 자들아, 나와 내 동료들은

운명의 신의 종이다. 그와 같은 재료로 담금질해 만든 칼로

내 깃의 털 하나라도 해치려 한다면

차라리 요란스러운 바람에 상처 입히려 하는

편이 나을 것이고, 찌르면 비웃으며 언제나

다시 붙어버리는 물을 죽이려고 하는 편이 더 나을 것이다.

나의 동료 종들도 상처를 입지 않는다. 설사 너희들이

---

* 당시 해상보험으로, 여행자들이 목적지에 갔다 왔다는 증거물을 제시하면 보험금의 5배
를 지급받던 일을 뜻함.

상처를 입힐 수 있다고 해도 너희 칼은 너희가 들기에
이제 너무 무거워져 들어 올릴 수 없다. 다만 기억해보아라.
이것이 너희들에 대한 나의 할 일인데, 너희 셋은 밀라노에서
훌륭한 푸로스퍼로의 자리를 박탈하고 그와 그의 무구한 아이를
바다에 던졌다. 이에 대해서 바다는 복수하였다. 이 흉악한
행위에 대해서 신은 잠시 지연시키기는 했으나 잊지 않고 바다,
해안, 아니 모든 피조물을 격분시켜서 너희를 괴롭힌 것이다.
알론조여, 신은 그대의 아들을 빼앗아 갔소. 그리고 나를 통해
신은 그대들에게 질질 끄는 파멸을 선고한다.
이것은 금방 죽는 것보다 더 나쁜 것으로서, 걸음마다
그대들과 그대들이 가는 길에 따라다닐 것이다. 이곳 적막한
섬에서 신의 분노로부터 그대들을 보호하는 길은 —
그렇게 하지 않으면 그 분노가 그대들 머리 바로 위에
떨어질 것인데 — 오직 진심으로 슬퍼하고, 앞으로
오점 없는 생활을 하는 것뿐이다.

　　그는 우렛소리가 나는 가운데 사라진다. 그러고는 부드러운 음악에 맞추어
　　　　다시 여러 형상들이 등장하여 조롱하는 찌푸린 얼굴을 하고 춤을 추
　　　　며 잔칫상을 내간다.

푸로스퍼로　나의 에어리얼아, 참 훌륭하게도 이 괴조의 역을
　　　　해내었다. 잔칫상을 처리하는 것도 우아하게 해냈어.
　　　　내 지시대로 하나도 빼지 않고 잘 말했고 말이야.

그리고 잔역을 맡은 정령들도 각자에 맞는 역을

실감 나게, 충실히 해냈다. 나의 강력한 마술이

잘 들어서 나의 이 원수들이 모두 제정신이 아닌 가운데

내게 말려들었다. 이제 그자들은 내 수중에 들어 있는 것이다.

이 같은 경련 상태에 빠진 이자들을 남겨두고

나는 이자들이 익사한 줄로만 알고 있는

젊은 퍼디넌드와 내가 사랑하는 미랜더에게 가봐야겠다. (퇴장)

곤잘로 전하, 어쩐 일로 이렇게

홀린 듯 이상하게 응시하고 계십니까?

알론조   아, 참 괴상망측도 하다. 괴상망측도 해!

파도들은 입을 벌려 내 잘못을 나에게 말해주고, 바람은

노래로 알려주며, 굵고 몸서리나는 우렛소리가

푸로스퍼로의 이름을 말해주었다. 따라서 나의 아들은

바다 밑 진흙 속에 묻혀 있는 것이다. 일찍이 측연(測鉛)도

닿아보지 못한 깊은 바닷속에 있는 아들을 찾아 그와 함께

진흙 속에 묻히런다.   (퇴장)

시배스천   악마가 한 번에 한 놈씩만 덤빈다면

그들 전부하고도 나는 싸우겠다.

앤토니오   내가 뒷받침하겠어요. (시배스천과 앤토니오 퇴장)

곤잘로 세 사람이 다 필사적이구나. 그들의 대죄는

오랜 시간이 지난 후에야 효력이 생기는 독과 같이

이제 그들의 활력을 공격하기 시작하는구나. 보다 유연한

관절을 가진 여러분! 제발 그들을 속히 따라가서

저들이 광증으로 저지를지도 모르는 일을

미연에 방지하도록 하시오.

에드리언   제발, 따라가요.   (모두 퇴장)

4막

1장
푸로스퍼로의 오두막 앞.

푸로스퍼로, 퍼디넌드, 미랜더 등장.

푸로스퍼로 내가 자네를 너무 심하게 처벌하였다면
이제 자네는 그 보상을 받게 되네. 나는 자네에게
내 생명의 일부요, 내 삶의 목적이 되어온 이 아이를
준 바 있네만, 이제 다시 한번 자네의 손에 넘겨주는 바이네.
자네가 겪은 괴로움은 다 자네의 사랑을 내가 시험해보기
위한 것들이었네. 그리고 자네는 그 시험을 훌륭하게 치렀네.
여기 하느님 앞에 나는 이 나의 값진 선물을 재가하는 바이네.
오, 퍼디넌드! 내가 딸을 자랑한다고 비웃지 말게.

자네는 그애가 일체의 칭찬을 초월하며, 어떤 칭찬도

오히려 부족하다는 걸 알게 될 것이네.

퍼디년드   설사 신탁의 반증이 있다고 하더라도

전 그 말씀을 믿겠습니다.

푸로스퍼로 그러면 내 선물로서, 그리고 그대의 덕망으로 해서 얻은

내 딸을 받게. 그러나 만약 자네가 모든 적절한 예식을 갖추어

성스러운 결혼식을 올리기 전에 그애의 처녀막을 파괴한다면

하느님은 이 약혼이 결혼으로 성장하도록 달콤한 비를

내려주시지 않을 것이네. 대신에 불모의 증오와

눈을 뒤트는 멸시와 불화만이 부부의 침대를 보기 싫은 잡초로

수놓아 결국 너희들은 서로를 미워하게 될 것이야.

그러니 하이멘*이 화촉을 밝혀줄 때까지 주의하게.

퍼디년드   저는 지금과 똑같은

사랑으로 평온한 날들과 훌륭한 자손과 장수를

누리기를 바라고 있기 때문에, 아무리 어두운 굴속이라도

아무리 좋은 기회가 생겨도, 우리의 동물적인 성질이

아무리 강한 유혹을 던진다고 해도, 저의 명예가

욕정으로 변하여 그날의 축하연이 줄 기쁨의 날카로움을

무디게 하는 일은 결코 없을 것입니다. 물론 태양신의 마차를

끄는 말들이 절름발이가 되었나, 혹은 밤이

하계에서 쇠사슬에 묶여 있나 생각하면서 조바심을 낼 것은

---

* 그리스 신화에 나오는 결혼의 신.

틀림없지만 말씀입니다.

푸로스퍼로   말 잘하였네.

그럼 앉아서 저 아이와 이야기하게. 그 아이는 자네의 것이네.

어디 있어, 에어리얼! 나의 부지런한 하인 에어리얼!

에어리얼 등장.

에어리얼   막강한 주인님, 무슨 분부이신지요? 대령했습니다.

푸로스퍼로   너와 너의 부하들은 이번 일을

참 잘 수행하였다. 난 한 번 더 너희들을 그런 일에

부려야 되겠다. 가서 그 무리를 이곳으로 데려오너라.

그들을 지배할 수 있는 힘을 내 너에게 줄 테니 말이다.

그들을 빨리 움직여라. 나는 이 한 쌍의 젊은이의 눈에

하찮은 내 마술을 좀 보여줘야겠다. 내 그리 약속했기 때문에

그들은 그것을 내게서 기대하고 있다.

에어리얼   지금 당장 말입니까?

푸로스퍼로   그래, 눈 깜박할 동안에.

에어리얼   당신께서 '오너라', '가거라'를 말씀하시기가 바쁘게

두 번 숨 쉬기가 바쁘게,

'그렇게, 그렇게'라고 외치기가 바쁘게

각자 깡충깡충 뛰면서 찌푸린 얼굴을 하고

여기로 돌아오게 될 것입니다.

주인님, 저를 사랑하세요? 안 하세요?

푸로스퍼로 무척, 나의 섬세한 에어리얼. 내가 부르기 전에는

　　접근하지 마라.

에어리얼　　　　　　네, 잘 알겠습니다.　　　　　(퇴장)

푸로스퍼로 진실하게 보이게. 사랑의 고삐를 너무 풀지 말고.

　　아무리 강한 맹세라 하더라도 정열의 불길에 비하면

　　지푸라기에 불과하다네. 보다 더 조심하게.

　　그러지 않으면 자네의 맹세는 끝장날 거야.

퍼디넌드　　　　　　　　　　보장해드리겠습니다.

　　눈같이 희고 찬 처녀의 순결은

　　저의 가슴에서 정열을 누그러뜨립니다.

푸로스퍼로　　　　　　　　좋아.

　　자, 에어리얼, 너의 부하들을 넘치도록 데려오너라.

　　넘치는 것이 부족한 것보다 나으니라. 나타나라, 어서.

　　입은 열지 말고! 눈만을 쓰고! 절대 침묵이다.　　(부드러운 음악)

아이어리스 등장.

아이어리스 시어리즈, 풍요의 여신이여, 당신의 기름진

　　밀, 호밀, 보리, 제비콩, 귀리, 완두콩 밭과 풀 뜯는 양들이 사는

　　잔디 무성한 산이며, 그들을 먹일 여물이 쌓인 목장들과,

　　도랑과 이랑이 나고 소나기 잦은 4월이 당신의 명령에 따라

　　쌀쌀한 님프들에게 순결한 화환을 만들어주기 위해

　　꽃을 활짝 피우는 당신의 둑들과, 애인을 잃어 실망한 총각이

그 그늘을 좋아하는 금작화 숲과, 포도가 주렁주렁 매달린
포도원과, 당신이 바람 쐬는 메마르고 단단한 바위들이 있는
당신의 해안을 떠나 이곳에 오시오. 내가 무지개다리도 되어주고
사신도 되어주는 하늘의 여왕께서 이 풀밭 바로 이곳으로 와서

주노 여신이 수레를 타고 내려온다.

여왕님과 더불어 즐기자는 분부이십니다.
여왕님의 공작새들이 쏜살같이 납니다.
풍요의 여신 시어리즈여, 와서 여왕님을 즐겁게 해드리시오.

시어리즈 등장.

시어리즈 안녕하세요, 주피터의 부인 주노 여왕님께
언제나 순종하는 다색의 사신이여, 사프란 색의 날개로써
감로와 상쾌한 소낙비를 나의 꽃들 위에 뿌려주고,
그대의 푸른 무지개의 끝으로써 나의 우거진 숲과
덤불이 없는 나의 초원에 왕관을 씌워주고,
나의 훌륭한 대지에 값진 목도리가 되어주는 그대여,
어째서 그대의 여왕께서 나를 이곳 짧은 풀의 초원으로
소환하셨는가요?
아이어리스 참사랑의 서약을 축하하고,
축복받은 연인들에게

풍성한 선물을 내기 위해서지요.

시어리즈   말해주오. 하늘의 무지개여,

비너스나 그녀의 아들 큐피드가 요새도 여왕님을

수행하는가요? 그들은 공모하여 지옥의 왕 플루토가

나의 딸을 유괴하게 했기 때문에 나는 그녀와 그녀의

눈먼 아들과의 수치스러운 교제는 않기로 맹세했어요.

아이어리스   그녀와 만날까 하여

염려하지 마세요. 저는 그녀를 만났습니다만

그녀는 하늘을 가르면서 페이포스로 가고 있었고,

그녀의 아들도 함께 비둘기가 끄는 수레에 타고 있었습니다.

그들은 원래 이곳에서 이 두 젊은 남녀에게 음란한 마술을

부려볼까 생각하였지요. 그런데 이 두 남녀는 하이멘의 횃불이

켜지기 전에는 동침하지 않기로 맹세하였답니다.

그것이 허사로 돌아가자 마르스의 정열적인 정부는

다시 돌아갔고, 심술궂은 머리를 한 그녀의 아들은

그의 화살을 꺾어버리고 다시는 활을 쏘지 않고 참새와 벗하며

참다운 소년이 되겠다고 맹세하였답니다. (주노가 수레에서 내린다)

시어리즈   지극히 높으신

여왕, 위대한 주노가 오신다.

나는 그분의 걸음걸이로써 이를 알아낼 수 있어요.

주노 나의 동생 풍요의 여신, 잘 있었는가? 나와 함께 가

이 한 쌍의 젊은이를 축복해줌세. 그들이 번성하고

자식 복도 받도록 말이다.   (그들이 노래 부른다)

주노 명예, 부, 결혼 축복,

     장수, 그리고 시간마다

     커지는 기쁨이 항상 너희에게 있을지어다!

     너희에게 주노가 축복의 노래를 내리노라.

시어리즈 대지의 생산은 풍성하고

     헛간과 목장은 비는 적이 없다.

     포도는 주렁주렁 송이로 열리고

     오곡은 잘 익어 머리를 숙인다.

     수확의 가을이 끝나자 곧

     봄이 그대들에게 다가오기를!

     결핍과 가난은 그대들에게 없기를,

     시어리즈의 이러한 축복이 그대들에게 임하기를.

퍼디넌드 이것은 매우 장엄한 환상입니다.

   참 아름다운 화음입니다. 제가 감히 이들을

   정령이라고 생각하여도 좋겠습니까?

푸로스퍼로   정령들 맞네. 이들은 내 마술로

   그들의 거처에서 소환되어 와서 나의

   마음에 떠오른 생각들을 상연한 것이다.

퍼디넌드   언제까지나 여기에서 살도록 해주십시오.

   놀랍고 슬기로운 아버님께서는 이곳을

낙원으로 만드셨습니다.

　　(주노와 시어리즈가 속삭인다. 그리고 아이어리스를 심부름 보낸다)

푸로스퍼로　　　　　　　　이제 조용히 하게!

주노와 시어리즈가 진지하게 속삭이는 것을 보니

또 할 일이 있는가 보다. 조용히 하고 입을 다물게.

그러지 않으면 우리의 마술이 망가진다.

아이어리스　꼬불꼬불한 냇가의 나이애드란 이름의 님프들이여,

갈대 화관을 쓰고 언제나 천진난만한 그 표정으로

잔물결 이는 냇물을 떠나 이 푸른 풀밭으로 오라.

주노 여왕께서 명령하신다. 온화한 님프들이여, 와서

이 참사랑의 서약을 축하하는 일을 도와라. 너무 늦지 않도록.

　　　　　　　　　　몇몇 님프들 등장.

지루한 8월의 햇볕에 탄 낫 든 자들이여,

보리밭에서 이리로 와 명랑하게 놀아라.

휴일을 맞아라. 호밀짚 모자를 쓰고

모두들 이 생기 넘치는 님프들과 함께

시골 춤을 추어라.

추수하는 사람 몇몇이 알맞은 옷차림으로 등장, 님프들과 합세하여 우아한
춤을 춘다. 춤이 끝날 무렵 푸로스퍼로가 갑자기 놀라며 말을 시작
한다. 그러자 이상하고 낮고 어지러운 소리에 맞추어 그들은 풀이

죽어 사라진다.

푸로스퍼로 (방백) 나는 짐승 캘리밴과 그놈의 공모자들이

내 목숨을 노리는 그 흉악한 모반을 잊고 있었군.

그들의 음모가 실천에 옮겨질 시간이 거의 다 되었다.

(정령들에게) 잘하였다! 이제 가보아라, 그만하고.

퍼디넌드 뭔가 이상하오. 당신의 아버님이 어떤 격한 감정으로

몹시 마음의 동요를 일으키신 것 같소.

미랜더 아버지가 오늘처럼 저렇게 맹렬한 노여움으로

감정을 드러내시는 일을 전에는 본 적이 없어요.

푸로스퍼로 내 아들이여, 자네는 몹시 마음이 들떠 보이는구나.

불안한 듯이 말이야. 기운 내게.

이제 우리의 잔치는 다 끝났다. 말한 대로 이 배우들은

모두 정령이었다 ― 이제 다 공기, 엷은 공기 속으로 녹아버렸다.

그리고 기초 없는 이 허깨비 건물처럼

구름 높이 솟은 탑들, 호화로운 궁정들, 지엄한 사원들,

거대한 이 지구 자체도, 진정 이 세상의 온갖 사물이 다 녹아서,

이제는 사라져버린 저 환영처럼

희미한 흔적조차 남지 않게 된다. 우리는 꿈과 같은 존재이므로

우리의 자잘한 인생은 잠으로 둘러싸여 있다.

이봐, 나는 지금 화가 났다. 나의 이 약점을 용서하게.

이 늙은 머릿속이 부대끼고 있다네.

내 이 약점 때문에 동요할 것 없네.

원하면 나의 오두막으로 물러가 거기서 쉬게나.

나는 한두 바퀴 돌면서 들뜬 내 마음을 진정시켜보려네.

퍼디넌드와 미랜더 아버님이 평안하시기를 바랍니다. (퇴장)

푸로스퍼로 속히 와라. 고맙다. 에어리얼아, 이리 오너라.

에어리얼 등장.

에어리얼 저는 주인님의 생각에 충실합니다. 무슨 분부십니까?

푸로스퍼로 정령아,

우리는 캘리밴과 만날 준비를 해야겠다.

에어리얼 예, 사령관님. 제가 시어리즈 역을 할 때

그 일을 말씀드릴까도 생각했습니다만,

혹시 노여워하실까 봐 주저했습니다.

푸로스퍼로 다시 말해보아라. 언제 네가 그놈들을 떠나왔느냐?

에어리얼 말씀드린 대로 그자들은 술에 취해 얼굴이 벌게져 있습니다.

만용으로 가득 차서 그자들은 바람이 얼굴에 불어온다는

이유로 공기를 내려치고, 발에 걸린다고 땅바닥을 치고,

그 야단을 하면서도 내내 음모를 추진하고 있었습니다.

그때 저는 작은 북을 두드렸습니다. 이 소리를 듣고 그자들은

아직 등에 아무것도 태워보지 못한 망아지처럼 귀를 세우고,

눈썹을 추켜올리고 마치 음악을 냄새 맡는 듯 코를

벌름거렸습니다. 그들의 눈에 제가 마술을 걸었더니

송아지같이 그들은 저의 울음소리를 따라

가시덤불, 가시금작화, 가시수풀 사이를 거닐었는데 이 가시들이

그들의 연약한 정강이를 찔렀습니다. 마침내 저는

그자들을 주인님의 오두막 너머에 있는 더러운 쓰레기로 덮인

못에 남겨두었습니다. 그자들이 턱까지 빠져버림으로써

불결한 그 못은 냄새가 그들의 발보다도

더 지독했습니다.

푸로스퍼로   그 일은 참 잘했다, 나의 새야.

계속 너는 눈에 보이지 않는 채로 있어라.

가서 내 집에 있는 번지르르한 옷가지를 가져오너라.

이 도둑놈들을 붙잡는 미끼로 쓰게 말이다.

에어리얼   갑니다, 갑니다. (퇴장)

푸로스퍼로 악마, 천생 악마. 이놈의 본성에는 교육이

결코 들어갈 수 없다. 이놈에게 내가 자비심을 가지고 베푼

모든 수고가 다 헛되었다. 완전히 헛되었다.

그리고 그의 몸은 나이가 들수록 더욱더 추해지고 있다.

그래서 그의 마음도 썩어 들어가고 있다. 나는 이자들을

괴롭혀서 전부 아우성치게 만들 테다.

번쩍이는 옷가지 등을 안고 에어리얼 재등장.

와서 그 옷들을 이 줄에 걸어놓아라.

(푸로스퍼로와 에어리얼이 보이지 않은 채로 있다)

캘리밴, 스테퍼노, 트린큘로가 온몸이 젖은 채 등장.

캘리밴 제발 살금살금 걸어요, 눈먼 두더지도 발소리를
　　　듣지 못하도록. 이제 우린 그자의 오두막 근처에 왔어요.

스테퍼노 괴물아, 네가 무해하다고 한 그 요정이 우리에게 짓궂은 짓
　　　을 했다.

트린큘로 괴물아, 온통 말 오줌 냄새만 나는데. 내 코가 아주 참을 수
　　　없는 지경이다.

스테퍼노 내 코도 그렇다. 얘기 듣고 있나, 괴물아? 만약 내가 너 때문
　　　에 비위 상하게 되면 말인데—

트린큘로 넌 없어진 괴물이 되는 거지.

캘리밴 임금님, 계속 은총을 베풀어주십시오.
　　　참아주십시오. 제가 훌륭한 물건을 갖다 드리겠습니다.
　　　그것이 이 불행한 사건을 잊도록 해드릴 것입니다. 그러하오니
　　　조용조용 말씀하십시오. 만물이 아직 한밤중같이 고요합니다.

트린큘로 그래, 하지만 술병들을 연못에 잃어버린 것은—

스테퍼노 그건 수치와 불명예일 뿐만 아니라 한없는 손실이란 말이
　　　야, 괴물아.

트린큘로 그건 몸이 흠뻑 젖은 일보다도 나에게는 더 중대사야. 그런
　　　데 이것이 네가 말하는 그 무해한 요정이 한 짓이란 말이지, 괴
　　　물아.

스테퍼노 난 술병을 찾아와야겠다, 비록 온몸이 물속에 잠기는 한이
　　　있더라도.

캘리밴 임금님, 제발 조용히 하세요. 여길 보세요.

여기가 오두막 입구랍니다. 소리 내지 말고 들어가세요.

행운을 가져올 악행을 감행하세요. 그러면 당신은 이 섬을

영원히 당신의 것으로 만들 수 있고, 당신의 캘리밴, 저는

영원히 당신의 발을 핥는 종이 될 수 있답니다.

스테퍼노 악수하세. 이제는 피비린내 나는 생각들이 나기 시작하는데.

트린큘로 오, 스테퍼노 임금님! 오, 귀족! 오, 훌륭하신 스테퍼노! 이

봐. 여기 자네가 입을 참 좋은 의복이 있네.

캘리밴 이 바보야, 그대로 둬. 그건 쓰레기란 말이야.

트린큘로 흥, 이 괴물아! 고물상의 옷을 분별 못할 줄 알고. 오, 스테

퍼노 왕!

스테퍼노 트린큘로, 그 가운을 벗게. 진정 그 가운은 내가 입어야겠네.

트린큘로 임금님께서 입으시지요.

캘리밴 수종에 걸려 익사할 이 바보야! 그런 물건을

좋아하다니 어쩌자는 거야? 그것은 그대로 두고,

가서 살인을 먼저 해야지. 만약 그자가 잠에서 깨어나는

날이면 그자는 발에서 머리까지 우리의 온몸을 꼬집어서

우리를 감각 없는 괴물로 만들어버릴 겁니다.

스테퍼노 괴물아, 입 닥쳐. 빨랫줄 아가씨, 이것은 내 가죽조끼가 아

닌가? 이제 이 가죽조끼는 줄*에서 내려져 있구나. 그렇다면 넌

이제 털을 잃어버리고 민둥한 가죽조끼가 될 것이다.

---

* 여기서 줄(line)은 여행자들의 머리털도 빠지게 하는 강렬한 햇볕이 내리쬐는 '적도'의
뜻도 함축하고 있음.

트린큘로 아무렴, 임금님께서 허락하신다면 저희들은 추선과 수평에
　　　　　의거, 줄 도둑질을 하겠습니다.[*]

스테퍼노 그 농담 감사하네. 이 옷을 대가로 받게. 내가 이 나라의 왕
　　　　　으로 있는 동안에는 찌르는 기지가 있는 자에게 꼭 보상을 하겠
　　　　　네. '추선과 수평에 의거, 줄 도둑질을 한다'니 참 훌륭한 재담
　　　　　이란 말이야. 상으로 옷을 한 가지 더 받게.

트린큘로 괴물아, 자 네 손가락에 끈끈이를 발라서 나머지 옷까지 꼭
　　　　　챙겨라.

캘리밴 전 그렇게 하지 않겠습니다. 우리가 시간을 놓치면
　　　　　모두 거위같이 바보가 되어버릴 거예요. 아니면
　　　　　앞이마가 비참할 정도로 낮은 원숭이가 되어버리고요.

스테퍼노 괴물아, 손을 내놓아라. 이것을 내 큰 술통이 있는 데까지
　　　　　좀 가져가자. 그러지 않으면 너를 나의 왕국에서 쫓아내겠다.
　　　　　어서 이것을 운반해라.

트린큘로 그리고 이것도.

스테퍼노 그래. 그리고 이것도.

　　　　사냥꾼들의 소리가 들린다. 여러 정령들이 사냥개의 모습으로 등장하여 그
　　　　들을 사냥하듯 쫓는다. 푸로스퍼로와 에어리얼이 사냥개들을 그들
　　　　에게 달려들도록 부추기고 있다.

---

[*] 목수의 '추선과 수평(line and level)'은 줄(line, 먹줄)을 이용한 또 한 번의 말장난임.

푸로스퍼로 물어라, 마운턴아, 물어라.

에어리얼 실버야, 저기다, 실버야!

푸로스퍼로 퓨어리, 퓨어리! 저기다. 타이런트야, 저기다. 쫓아라!

　　덤벼라, 덤벼!　　　　(캘리밴, 스테퍼노, 트린큘로가 쫓겨 나간다)

　　가서 내 도깨비들에게 명령해라. 저자들의 관절을

　　잘라서 발작이 일어나게 하고, 힘줄을 짧게 만들어

　　늙은이처럼 쥐가 나도록 하고, 그들을 꼬집어서

　　표범이나 살쾡이보다 반점이 더 많이 생기도록 만들어라.

에어리얼 들어보세요. 저들의 아우성 소리입니다!

푸로스퍼로 완전히 소탕하여라. 이제는

　　나의 모든 원수가 내 자비하에 들어왔다.

　　이제 곧 나의 일이 모두 끝나게 될 것이다. 그러면 넌

　　자유의 몸으로 공기를 마시게 된다. 잠시 동안만

　　나를 따르며 시중을 들어라.　　　　(모두 퇴장)

5막

1장
푸로스퍼로의 오두막 앞.

마술 옷을 입은 푸로스퍼로와 에어리얼 등장.

푸로스퍼로 이제 나의 계획은 무르익어간다. 나의 마술은
깨지지 않고 있고 나의 정령들은 복종해주어서, 계획이
예정대로 순항하고 있다. 시간이 어찌 되었느냐?

에어리얼 여섯 시입니다. 주인님께서 우리 작업이
끝난다고 말씀하신 시간입니다.

푸로스퍼로 폭풍을 처음 일으켰을 때 내가 그렇게 말했지.
그래 정령아, 왕과 그의 추종자들은 어찌 되어 있는가?

에어리얼 주인님께서 분부하신 그대로

함께 갇혀 있습니다. 주인님이 떠나실 때 보신 그대로.
모두들 주인님의 오두막에 바람막이가 되고 있는 보리수
숲 속에 있습니다. 그들은 주인님께서 풀어줄 때까지는
꼼짝 못할 것입니다. 왕, 그의 동생, 주인님의 동생 이렇게
셋은 모두 계속 실성한 채이고, 나머지 사람들은 그들에 대한
비탄 속에서 슬픔과 절망에 차 있습니다.
특히 주인님께서 '연로한 선한 곤잘로 경'이라고 말씀하신
그분은 눈물을 수염 아래로 마구 흘리는데 마치 겨울에
초가집 처마 끝에서 물방울 떨어지듯 합니다. 주인님의 마술이
매우 강력하게 그들에게 미쳐서
주인님께서 그들을 보시면 마음이 누그러질 것입니다.

푸로스퍼로   그렇게 생각하느냐, 정령아?

에어리얼 적어도 저의 마음은 그럴 겁니다. 만약 제가 인간이라면.

푸로스퍼로   내 마음도 그럴 거다.

공기에 불과한 네가 그들의 고통을 아프게 생각하는데,
그들과 같은 인종인 내가, 그들에 못지않게 날카롭게
정서에 반응하고 고통도 느끼는 내가, 너보다 더
동정적이지 않겠느냐? 비록 그자들이 나에게 저지른 큰 죄는
나의 골수에 사무치나, 나는 고매한 이성으로써 분노를
참고 있는 것이다. 더 귀한 행동은 복수에 있기보다는
용서의 미덕에 있는 것이다. 그들이 뉘우치면 이때까지
한 가지 목표를 향해 지금껏 이어진 나의 뜻은 더 이상
적의에 차지 않을 것이다. 에어리얼아, 가서 그들을 풀어주어라.

나는 나의 마술을 깨고 그들의 정신을 회복시켜서

본래의 그들이 되게 하겠다.

에어리얼   그자들을 데려오겠습니다, 주인님. (퇴장)

푸로스퍼로   언덕, 개울, 고인 연못, 숲의 요정들이여,

모래밭에서 발자국도 내지 않고 썰물을 뒤쫓고

밀물 때 도망가는 자들이여, 암양도 뜯지 않는

푸른 쓴 풀밭을 달밤에 만들어내는 난쟁이 요정들아,

야밤에 버섯을 만들어내는 일을 낙으로 삼는 자들이여,

엄숙한 소등령 종소리를 듣고 기뻐하는 자들이여,

비록 그대들은 미력하나 나는 그대들의 도움으로

정오의 태양을 흐리게 하였고, 불온한 바람을 일으켜서

푸른 바다와 파란 창공 사이에 소란한 전쟁을 일으켰고,

무섭게 소리 내는 뇌성에게 불을 주어

조브 신 자신의 번갯불로써 그분의

건장한 떡갈나무를 갈라놓았다.

또 나는 밑이 튼튼한 곶(串)을 흔들어 소나무와

삼나무를 뿌리째 뽑았다. 무덤들은 나의 명령에 따라서

그 속의 거주자를 깨우고, 뚜껑을 열어 나의 위력 있는

마술로써 그들을 내보냈다. 그러나 이제 나는 이 사나운

마술을 버리는 바이다. 그리고 내가 천상의 음악을 청하여

— 바로 지금 나는 청하는 바인데 — 이 음악 마술이

목적했던 그자들의 정신을 회복시키면

나는 내 마술 지팡이를 꺾어버리겠다. 나는 그것을

땅속 깊이 파묻고, 내 마술 책을 일찍이
어떤 측연도 닿지 못한 바다의 깊숙한 곳에
던져버리겠다.   (장엄한 음악)

여기서 에어리얼이 먼저 등장하고, 뒤이어 알론조가 미친 몸짓으로 나온
다. 곤잘로가 그를 수행한다. 시배스천과 앤토니오도 에드리언과
프랜시스코가 수행하는 가운데 그와 비슷하게 나온다. 모두들 푸로
스퍼로가 만든 원 안에 들어선다. 그리고 마술에 걸려 그 안에 서
있다. 이를 푸로스퍼로가 보면서 말한다.

심란한 사람에게는 제일의 위안자인 장엄한 음악이
지금 그 두개골 속에서 끓고 있는 무용지물인
그대의 뇌수를 치료해주기를! 그곳에 서 있으시오.
당신들은 지금 주문에 걸려 꼼짝 못하기 때문이오.
거룩한 곤잘로, 명예로운 분이여, 그대의 눈물에 공감하여
내 눈에서도 눈물이 떨어지오. 주문은 신속히 풀리고 있소.
마치 아침이 밤에 스며들어 어두움을 녹이듯
되돌아오는 그들의 정신은 맑은 이성을 덮고 있는
무지의 연무를 쫓기 시작합니다. 어진 곤잘로여,
내 생명의 은인이여, 그대가 섬기고 있는 자의 충신이여,
나는 그대의 은혜를 말과 행동으로써 철저히 갚겠소.
그대 알론조여, 그대는 나와 내 딸애에게 너무 잔인하였소.
그대의 동생은 그 악행의 방조자였고. 시배스천,

그대는 그 일로 지금 양심의 가책을 받아 괴로워하고 있소.
내 혈육인 동생아, 너는 야심에 눈이 어두워
동정과 인정을 버렸었지. 시배스천과 공모하여,
이 때문에 그는 한층 더 양심의 가책을 받지만,
왕을 죽이려 하지 않았느냐. 너는 인륜을 저버린 아우이지만
나는 널 용서한다. 그들의 이해력이 밀물처럼 부풀어
오르기 시작한다. 이제 곧 만조가 되어서 지금은
진흙투성이인 이성의 해안을 완전히 덮게 될 것이다.
이들 중 누구도 아직은 나를 쳐다보지도, 알아보지도
못하고 있다. 에어리얼아, 내 오두막에 가서
나의 모자와 단도를 가져오너라. 나는 이 마술 가운을
벗어버리겠다. 그래서 예전 밀라노 대공의
모습 그대로 그들에게 보이겠다. 빨리 수행해라, 정령아.
이제 얼마 안 있어 넌 해방된다.

에어리얼이 돌아와서 노래 부르며 푸로스퍼로가 옷 입는 것을 돕는다.

에어리얼   벌이 꿀을 빠는 곳에서 나도 빤다.

          앵초꽃 속에 나는 눕는다.

          올빼미 울 때면 거기에 나는 웅크린다.

          박쥐 등을 타고서 명랑하게

          나는 여름을 찾아 난다.

          명랑하게, 명랑하게 이제 나는 살아가련다.

가지에 매달린 꽃송이 밑에서.

푸로스퍼로 참, 귀여운 나의 에어리얼이군. 네가 보고 싶어질 거다.

하지만 너는 자유의 몸이 되어야지. 좋아, 좋아, 좋아.

사람의 눈에 보이지 않는 지금 모습대로 왕의 배로 가보아라.

거기에서 너는 갑판 밑에 잠들어 있는

수부들을 보게 될 거다. 선장과 수부장은

눈을 뜨고 있으니, 그들을 이곳으로 끌어오도록 하여라.

당장 말이다. 부탁한다.

에어리얼 제 앞의 공기를 다 들이마시고 주인님의 맥박이

두 번 뛰기 전에 돌아오겠습니다.   (퇴장)

곤잘로 이곳에는 온갖 고통, 고난, 기적, 놀라움이

깃들어 있구나! 어떤 하늘의 힘이

우리를 이 무서운 나라에서 벗어나게 하옵기를!

푸로스퍼로   왕이여, 바라보시오.

불의를 당한 밀라노 대공 푸로스퍼로를 말이오.

살아 있는 군주가 당신에게 말하는 이 확실한 증거로

저는 당신의 몸을 포옹하오. 당신과 일행을

진심으로 환영하는 바이오.

알론조 당신이 정말로 그 사람인지 아닌지,

최근에 속은 대로 어떤 마술을 써서 나를 속이려는

것인지 나도 모르겠소. 그러나 그대의 맥박은

살아 있는 사람의 것같이 뛰고 있군요. 그리고 당신을 본 뒤부터

내 마음의 아픔이 줄어들었소. 그 아픔 때문에

내가 미쳤던 듯하오. 이것이 생시라면 필시 있었을 매우

기구한 사연을 말해주어야겠소. 나는 그대의 공국을 포기하겠소.

그리고 나의 잘못을 용서해주길 바라오. 하지만 어떻게

푸로스퍼로가 살아 있으며,

또 어떻게 이곳에는 와 있는 거요?

푸로스퍼로   우선, 내 고상한 친구,

그대의 노구를 안아봅시다. 그대의 명예는

측정할 수도 없고 한계도 없소.

곤잘로   이것이 생시인지 아닌지 저는

확신할 수 없습니다.

푸로스퍼로   이 섬의 환상적인

묘한 영향을 당신들이 아직도 맛보고 있기 때문에 확실한 일도

믿어지지 않는 것이오. 나의 친구들이여, 모두들 환영하오.

(시배스천과 앤토니오에게 방백) 단, 너희 두 사람은

내가 마음만 먹으면 왕의 노여움을 사게 만들고

반역자로서 입증할 수 있지만,

지금 당장 고해바치지는 않겠다.

시배스천   (방백) 그자의 속에 든 악마가 하는 말이다.

푸로스퍼로   그렇지 않다.

가장 못된 녀석, 너를 동생이라고 부른다면

내 입이 더러워질 정도이지만, 내 그 음흉한 너의 죄를

용서해주겠다 ― 너의 죄 전부를 말이다. 그러나 나는

네가 나의 공국을 돌려줄 것을 요구하는 바이다.

이건 네가 원하든 원치 않든 돌려주지 않으면 안 된다.

알론조   진정 그대가 푸로스퍼로라면

그대가 생존하게 된 구체적인 경위를 말해보오.

어떻게 그대는 우리를 여기에서 만났소? 세 시간 전만 해도

우리는 이 해안에서 난파당하였고, 또 여기에서―

이 얼마나 고통스러운 기억이냐―

나의 아들 퍼디넌드를 잃었소.

푸로스퍼로   참 슬픈 일이외다.

알론조   그 상실은 되찾을 수 없는 것이며 인내심도

그것은 자신의 힘으로 어쩔 수 없다는구려.

푸로스퍼로   내 생각에는

당신이 인내심의 도움을 구하지 않은 것 같습니다.

나도 그와 같은 상실에 대해 너그러운 인내심의 도움을 얻어

자위하고 있답니다.

알론조   당신도 그와 같은 상실을!

푸로스퍼로   못지않게 최근에 있었던, 못지않게 큰 상실이지요.

이 가슴 아픈 상실을 견뎌낼 수 있는 수단으로 말하면

당신이 갖고 계신 것보다 제 것이 훨씬 미약합니다.

딸자식을 잃었으니까요.

알론조   따님을?

아, 하느님이시여! 그들이 지금 다 나폴리에 살고 있다면

얼마나 좋겠소. 왕과 왕비가 되어서 말이오. 그렇게만 된다면

대신 나 자신이 지금 그 아이가 누워 있는 진흙의 바다 밑에
묻혀 있으면 하오. 당신은 언제 딸을 잃었소?

푸로스퍼로 지난 폭풍우 때였습니다. 여기 있는 고관대작들은
우리의 이번 상봉에 아주 놀란 나머지 그들의 이성도 위축되고
자신들의 눈이 진실을 보는 기능을 적절히 수행하지 않고 있다고
생각하는 모양입니다. 또 말을 하려고 애써도
그저 목쉰 소리만 나오는 것 같습니다. 그러나 당신들이
아무리 제정신이 아니라 해도, 내가 밀라노에서 쫓겨난
대공 푸로스퍼로 바로 그 사람임을 확실히 알아두시오.
나는 여러분들이 난파당한 바로 그 해안에 매우 이상한 연유로
상륙해서 이곳의 주인이 된 것이오. 이 이야기는 이제
그만하겠소이다. 이것은 매일매일 기록해야 될 연대기이지,
아침 밥상에서 할 얘깃거리가 아니며, 또 이렇게 처음 만나서
하기에도 적절치 못합니다. 기쁜 마음으로 환영합니다.
이 오두막이 내 궁정이지요. 나는 여기에 시종 몇을 갖고 있으나,
밖에는 한 명의 부하도 없습니다. 들여다보십시오.
당신께서 저의 공국을 돌려주셨기 때문에 그에 못지않은
것으로써 당신께 갚아드리려고 합니다.
적어도 기적을 보여드려 당신이 공국을 되찾은 나만큼이나
만족하도록 해드리겠습니다.

여기서 푸로스퍼로는 퍼디넌드와 미랜더가 체스를 두고 있는 광경을 드러
　　내놓는다.

미랜더 당신, 속임수를 쓰시네요.

퍼디넌드 아니요. 내 가장 사랑하는 여보,

천하를 받는다고 하여도 절대 속임수는 안 쓰겠소.

미랜더 수십 개의 왕국을 받는다면 애써 그렇게 하셔야지요.

그래도 저는 그걸 공명정대한 시합이라고 부르겠어요.

알론조 만약 이것이 이 섬의

환상이라면 사랑하는 아들을

나는 두 번 잃는 셈이 될 것이다.

시배스천 최고의 기적이다!

퍼디넌드 바다는 그처럼 위협적이지만, 역시 자비롭군요.

저는 이유 없이 바다를 저주하였습니다. (알론조에게 무릎 꿇는다)

알론조 자, 기뻐하는 아버지의

모든 축복이 너를 둘러싸기를!

일어나라. 그리고 어떻게 여기에 오게 되었는지 말해봐라.

미랜더 오, 놀랍구나!

훌륭한 사람들이 여기에 이렇게도 많다니!

인간은 정말 아름답구나! 이런 분들이 존재하다니,

참, 찬란한 신세계로다!

푸로스퍼로 너에게는 신세계이지.

알론조 네가 더불어 체스를 두던 이 처녀는 누구냐?

아무리 오래 사귀었다고 해도 세 시간 정도일 텐데.

이 여인은 우리를 갈라놓았다가 다시 이렇게

한데 만나게 해준 여신인가?

퍼디넌드 아버지, 이 여인은 인간입니다.

그러나 신의 섭리로 제 것이 되었습니다.

아버지의 조언을 구할 수 없을 때 제가 택한 것입니다.

저는 아버지가 살아 계시리라고는 생각 못했습니다.

이 여인은 고명하신 밀라노 대공이 되시는 이분의 따님이옵니다.

전 그분의 명성은 종종 듣고 있었으나 뵙지는 못했었지요.

이분으로부터 저는 제2의 생명을 받은 것입니다.

그리고 이 여인으로 인해서 이분은 제2의

저의 아버지도 되신 것입니다.

알론조 나 또한 이 여인의 아버지이군.

그런데 이 얼마나 이상한 말이 되겠는가. 내가

내 아이에게 용서를 빌어야겠으니 말입니다!

푸로스퍼로 잠깐만, 그건 그만두시오.

우리는 이미 지나간 슬픔으로 우리 기억의 짐을

무겁게 하지는 마십시다.

곤잘로 저는 속으로 울고 있었습니다.

그렇지만 않았더라면 벌써 제가 입을 열었을 텐데요.

신이여, 굽어살피시어 이 두 젊은이를 위해

축복의 왕관을 내려주십시오. 길을 마련하여 저희들을

이곳에 데려다주신 분도 바로 당신이셨으니까요.

알론조 아멘은 내가 하지, 곤잘로!

곤잘로 밀라노 대공이 밀라노에서 쫓겨난 건 그의 후손이

나폴리의 왕들이 되기 위해서였나요? 아, 이것은

보통 이상의 기쁨입니다. 이를 기뻐하고

이것을 영구적인 기둥에다가 금으로 새겨 넣읍시다.

한 번의 항해에서 클래리벌은 튀니스에서 남편을 얻었고,

그의 오빠 퍼디넌드는 난파당한 곳에서 아내를 얻었습니다.

그리고 푸로스퍼로는 형편없는 섬에서 그의 공국을 얻고,

우리 모두는 제정신이 아니었으나

이제 자신들을 되찾고 말이오.

알론조　(퍼디넌드와 미랜더에게) 자, 너희들 손을 이리 내어라.

너희들의 행복을 원하지 않는 자의 마음에는 항상

슬픔과 비탄이 있기를!

곤잘로　　　　　　　그렇게 되도록 하여주시옵소서. 아멘!

에어리얼 재등장. 선장과 수부장이 놀란 기색으로 뒤따르고 있다.

저기 보십시오. 임금님! 저기요. 우리 일행이 몇 명 더 오는군요.

제가 왜 예언하지 않았습니까, 지상에 교수대가 있는 한

이 친구는 익사할 수 없을 것이라고 말입니다. 이봐, 욕쟁이.

불경스러운 맹세로 하느님의 은총을 배 밖으로 내던지더니

상륙하니까 욕설이 안 나오나? 육지에서는 입이 없어졌나?

그래 무슨 소식이 있나?

수부장　가장 좋은 소식은 임금님과 그 일행이 이렇게

무사하다는 것입니다. 그다음으로는 저희 배가—

세 시간 전만 해도 파괴된 것으로 보고했지만—

저희가 처음 출항할 때와 같이 튼튼하고 좋은 상태이고

훌륭한 장비를 갖추고 있다는 것입니다.

에어리얼　(푸로스퍼로에게 방백) 주인님, 이 모든 일은

제가 가서 해놓은 것입니다.

푸로스퍼로　(에어리얼에게 방백) 너는 참으로 재주 있는 정령이로다.

알론조　이것은 범상한 일들이 아니다. 점점 더 이상해지는구나.

너희들 이곳으로는 어떻게 왔느냐?

수부장　만약 제가 제 생각을 하고 있고, 꿈꾸는 것이 아니라는 자신이

선다면 말씀드리겠습니다만, 저희들은 깊은 잠에 들어 있습니다.

그리고 어떻게 되었는지는 모르지만 모두 갑판 승강구 밑에

묶여 있었는데, 거기에서 바로 조금 전에 여러 다른 소리,

즉 으르렁 소리, 비명 소리, 울부짖는 소리, 쨀랑쨀랑하는

쇠고리 소리와 그 이외의 여러 가지 몸서리나는

소리들 때문에 잠을 깼고, 곧 자유의 몸이 됐습니다.

그때 저희는 제 상태 그대로의 훌륭하고 늠름한 어선을

보게 된 것입니다. 선장은 그것을 보고 기뻐 날뛰었습니다.

순식간에 꿈속에서처럼 저희는 선원들과 갈라져서

정신이 혼미한 채로 이곳으로 이끌려 왔습니다.

에어리얼　(푸로스퍼로에게 방백) 잘되었습니까?

푸로스퍼로　(에어리얼에게 방백) 잘됐다. 부지런한 내 정령아. 넌 곧 해

방이다.

알론조　이것은 인간이 일찍이 밟아본 적이 없는 괴상한

미궁이라고나 할까. 이번 일에는 자연이 꾸밀 수 있는 이상의

무엇이 들어 있다. 신탁이라도 나와야 우리의 경험을

바로잡을 수가 있을 것이다.

푸로스퍼로   전하,

이번 일의 이상함을 따져보느라고 마음을 괴롭히지 마십시오.

머지않아 적당한 틈에 제가 전하에게만 이 의문을

납득이 가게끔 풀어드리겠습니다. 이번에 일어난

모든 일들에 대해서 말입니다. 그때까지는

기운을 내시고 만사를 좋게 생각하십시오. (에어리얼에게 방백)

이리로 오너라, 정령아. 캘리밴과 그의 친구들을 석방하여라.

주문을 풀어버려라. (에어리얼 퇴장) 전하, 지금은 어떠십니까?

기억을 못하실지 모르지만 전하의 일행 중에 아직 보이지 않는

몇 명의 젊은이가 있습니다.

에어리얼이 재등장하며, 훔친 옷을 입고 있는 캘리밴, 스테퍼노, 트린큘로

를 몰아넣는다.

스테퍼노 사람은 언제나 남을 위해서 움직여야지, 자기 자신을 돌보

아서는 안 되지. 모든 것이 팔자소관인 것이다. 용기를 내, 나의

괴물아, 용기를 내!

트린큘로 내 머리에 박힌 눈알들이 믿을 만한 것이라면 이건 참 굉장

한 광경이로다.

캘리밴 오, 세티보스! 이건 정말 찬란한 정령들인데!

나의 주인님은 참 아름답구나! 그분이 나를
꾸짖을까 두렵다.

시배스천   하, 하!
앤토니오 경, 이건 무슨 물건들이오?
돈으로 살 수 있을까?

앤토니오   가능할 거요. 한 놈은
확실히 물고기렸다. 의심할 바 없이 사들일 수 있을 거요.

푸로스퍼로 여러분, 걸친 옷만 봐도 이자들이 진실된 자들인지 아닌지
알 수 있을 겁니다. 이 볼품없는 놈―그의 어미는 마녀였지요.
이 여인의 마술이 얼마나 강했던지 달을 조종하여
밀물과 썰물을 좌지우지하고, 또 달의 힘이 없이도
달의 권위를 부릴 수 있었답니다. 이 세 녀석이
내 물건을 도적질해 간 것입니다. 이 반 악마는―
마녀의 사생아니까요― 이자들과 음모하여
저의 목숨을 뺏으려고 하였습니다. 이 중 두 사람은
여러분이 아는 자들이며 여러분의 것입니다. 이 어두움의 동물은
제 것임을 인정합니다.

캘리밴   죽을 정도로 꼬집힘을 당하겠구나.

알론조 이 사람은 술꾼 주방장 스테퍼노가 아닌가?

시배스천 지금 그자는 술에 취해 있습니다. 술은 어디서 났을까요?

알론조 그리고 트린큘로도 취하여 비틀거리는구나. 이런 술을
어디에서 구해가지고 저렇게들 얼근히 취해 있을까?
어떻게 하다가 이렇듯 불쌍한 꼴이 되었느냐?

트린큘로　전하를 마지막 뵈온 후론 이런 파김치 꼴이 되어 있습니다. 이 꼴에서 벗어날 수 있을 것 같지 않습니다. 다만 쉬슬 염려는 없을 것 같군요.

시배스천　스테퍼노는 또 왜 저 모양이야?

스테퍼노　오, 나를 건드리지 마시오. 난 스테퍼노가 아닌 경련덩어리요.

푸로스퍼로　자네들, 이 섬의 왕이 되겠다면서?

스테퍼노　그랬다면 아마 꽤 혹독한 왕이 되었을 거요.

알론조　이것은 내가 일찍이 본 것 중에서 가장 괴상한 놈이로다.

(캘리밴을 가리킨다)

푸로스퍼로　그자는 생김새도 그러하지만

예절도 당최 비뚤배뚤합니다. 이놈, 내 오두막에

가 있거라. 너의 친구들도 데리고 가거라. 내 용서를

바라거든 집 안을 말끔히 해두어라.

캘리밴　네, 그리하겠습니다. 그리고 차후에는 현명해지고,

은총을 구하겠습니다. 난 세 겹의 바보였지,

이 주정뱅이를 신으로 잘못 알고

이 멍청이 바보를 경배하다니!

푸로스퍼로　　　　　　　　자, 어서, 꺼져라!

알론조　가거라. 그 물건들은 처음 발견한 곳에 갖다 놓아라.

시배스천　아니, 훔친 곳이라고 해야지요. (캘리밴, 스테퍼노, 트린큘로 퇴장)

푸로스퍼로　전하, 저는 전하와 일행을 저의 누추한

오두막으로 초대하겠습니다. 거기에서 오늘 밤을

편히 쉬시게 될 것입니다. 저는 오늘 밤의 일부를

틀림없이 시간을 급히 흐르게 만들 그러한 이야기를

해드리는 데 쓰겠습니다. 즉 제 인생 이야기하며

이 섬에 온 이래 제가 겪은 사건들을 상세히 말씀드리겠습니다.

그리고 내일 아침에는 여러분을 배로, 그리고 나폴리로

모시겠습니다. 그곳에서 저는 이 사랑스러운 아들딸의 결혼식이

엄숙히 거행되는 것을 보고 싶습니다. 그다음에

저는 밀라노로 물러가서 내 무덤 생각이나 종종 하겠습니다.

알론조 나는 당신의 인생 이야기가 무척 듣고 싶소이다.

그 이야기는 나의 귀를 사로잡을 것이 틀림없소이다.

푸로스퍼로 모든 것을 말씀드리겠습니다.

그리고 잔잔한 바다와 순풍을 약속해드리겠습니다.

항해는 아주 순조로워서 앞서 있는 대왕의 배들을

따라잡을 것입니다. (에어리얼에게 방백) 나의 에어리얼아,

이것은 네가 해주어야겠다. 그다음에는 해방되어 공기 속에서

잘 살아라! 자, 그럼 들어가실까요?   (모두 퇴장)

에필로그

푸로스퍼로가 말한다.

이제 저의 마술을 다 던져버렸습니다.
저 자신의 힘만이 남았을 뿐입니다.
이건 지극히 약합니다. 이제는
저를 감금하든지 나폴리로 보내든지
당신들 마음대로 할 수 있습니다. 다만 이제
저의 공국도 회복하고 사기꾼도 용서하였으니
당신의 주문으로 이 섬에서
살지 않도록만 해주십시오.
여러분의 박수갈채로 저를
이 무리들로부터 떼어주십시오.
여러분의 너그러운 숨결로

저의 돛들이 채워지지 않는다면
여러분을 즐겁게 해드리는
저의 계획은 실패로 돌아간 것입니다.
이제 저는 부릴 정령도 없고
걸 수 있는 마술도 없고 해서
기도로 구원되지 않는다면
저의 마지막은 절망이 됩니다.
기도는 뚫고 들어가 자비를 움직여서
온갖 잘못들을 용서합니다.
　　여러분도 범죄를 용서받으시려거든
　　관대하게 저를 놓아주십시오.　　　　(퇴장)

『템페스트』는 우리나라에서 이미 여러 차례 각기 다른 역자들에 의해 옮겨진 바 있다. 셰익스피어 탄생 400주년인 1964년을 전후해서 두 개의 다른 번역본이 두 전집을 통해 나왔었다. 셰익스피어의 극작품들과 같은 불후의 명작은 번역의 결정판이란 것이 있기 드물고, 끊임없이 여러 다른 손들에 의해 더 좋은 번역을 위한 시도가 이어지고 있음은 당연하다 하겠다. 본 역자에게도 이것이 초역이 아니라 두번째가 된다. 그러나 체력적 한계와 시간적 제한도 있고 해서 개역이라면 너무 거창한 말이 될 것이고, 그저 자구 수정 정도의 수준에 머무르는 것 같아서 아쉬움을 느낀다.

셰익스피어 번역의 어려움은 주로 두 가지 원인에서 비롯된다. 하나는 셰익스피어의 시행 대사들을 똑같은 시행 형식의 대사들로 옮기

는 것이 불가능하기 때문이다. 셰익스피어의 극 대사들은 무식한 하인이나 뱃사람 등과 같이 미천한 자나 광인의 대사들, 기타 특수한 경우의 대사들을 제외하고는 모두 무운시(blank verse)로 되어 있다. 표준적인 무운시의 한 행은 "För thís, | bĕ súre, | tŏ-níght | thŏu shált | hăve crámps."(『템페스트』의 1막 2장에 나오는 한 행)처럼 10개의 음절로 되어 있는데, 약하고 강한, 다시 말하면 어세가 없는 음절과 어세가 있는 음절이 한 짝으로 된 다섯 개의 짝을 갖게 된다. 전문용어로는 이것을 약강5보격(iambic pentameter)이라고 부른다. 우리 단어는 장단이나 어세 혹은 고저가 없다고 해도 과언이 아니어서 약강5보격의 무운시행을 그대로 옮겨놓는 것은 불가능하다. 게다가 압운/각운까지 맞춰야 되는 소네트 시들이나 극에서 1개의 막을 끝낼 때 가끔 사용된 서사시적 2행연구(heroic couplet)를 그대로 우리말로 옮기는 것은 더더욱 불가능하다.

다른 하나는 셰익스피어에는 은유, 인유 등의 각종 비유와 언어유희가 들어 있으며, 말 재롱과 같은 언어유희는 양의어(兩義語)나 다의어(多義語), 그리고 동음이의어(同音異義語) 들로 구성되어 있는 것이 보통이기 때문이다. 물론 여러 의미를 내포한 말들의 경우 주된 뜻을 취해 옮기고 나머지 부차적인 의미는 주석으로 처리하면 어느 정도 해결될 수 있겠으나 동음이의어의 경우는 여전히 극복하기 힘든 어려움으로 남는 경우가 많다. 이런 면에서도 번역자는 반역자란 말이 셰익스피어 번역에 잘 들어맞는다 하겠다. 요컨대, 셰익스피어 번역은 완벽할 수 없기 때문에 역자가 할 수 있는 것은 산문적인 뜻이라도 충실히 전달하도록 노력하는 것이 될 수밖에 없다.

이번 번역을 위해 사용한 본문은 아든 셰익스피어(Arden Shake-speare) 총서로, 1958년에 출간된 프랭크 커모드(Frank Kermode) 편집의 제6판이다. 그러나 필요할 때마다 피터 알렉산더(Peter Alexander)가 1951년에 편집하여 펴낸 셰익스피어 전집의 본문을 참고했음을 밝혀둔다. 그리고 막·장 표시뿐만 아니라 행수도 원문에 맞추어 표시해야 할 것이나 생략했음도 밝혀둔다. 운문 대사들도 번역하다 보면 행수가 원문보다 짧아질 수도 길어질 수도 있으며, 더욱이 산문은 원문의 행을 맞추기가 어렵기 때문이다.

끝으로 이 번역을 알선해주신 분과 출판을 맡아준 문학동네 및 실무를 담당하여 애써준 모든 분들에게 감사를 표한다.

『템페스트』에 관하여

1. 본문

『템페스트』는 셰익스피어(1564~1616)의 생전에는 활자화된 적이 없었다. 그의 동료 배우들인 존 헤밍(John Heminge)과 헨리 콘델(Henry Condell)이 그를 추모하기 위해서 36편의 극 원고를 모아 인쇄·출판업자 윌리엄 재거드 부자(William and Isaac Jaggard)를 통해 1623년에 셰익스피어의 첫 극전집인 이른바 제일2절본(First Folio, 이하 F1)을 냈다. 『템페스트』는 여기에서 비로소 활자화된 것이다. 그리고 여기에 첫번째로 수록된 작품이기도 하다. 이 작품은 『맥베스』와 더불어 셰익스피어의 가장 짧은 극으로서, 4000행이나 되는 『햄릿』의 반 정도의 길이를 지니고 있을 뿐이다.

오늘날 셰익스피어의 필사본 극 원고는 단 한 편도 현존하지 않는다. F1에 수록된 36개 극작품 중에서 거의 반인 17편이 여기에서 처음으로 활자화되었다는 사실은, F1이 없었다면『템페스트』를 비롯한 『줄리어스 시저』『맥베스』『앤토니와 클리오파트라』『좋으실 대로』『십이야』『겨울 이야기』등 지금도 독자들과 관객들의 인기를 누리고 있는 주옥 같은 명작들이 끝내 햇빛을 보지 못했을 수도 있었음을 보여준다 하겠다.

저간의 서지학적, 본문학적 연구 결과로『템페스트』의 인쇄 원고는 셰익스피어 극단의 전속 필사자였던 랄프 크레인(Ralph Crane)이 베낀 셰익스피어 자필 원고의 전사본임이 드러났다. F1에 수록된『템페스트』본문의 특징은 크게 세 가지다. 첫째로 이 극은 막·장 구분이 되어 있는 몇 편 안 되는 작품 중 하나이다. 둘째는 극 말미에 등장인물 목록이 들어 있는 역시 몇 안 되는 작품들 중 하나이다. 셋째는 장면마다 등장인물이 등장할 때가 아니라 그 장면의 서두에 일괄해서 한 번 적어놓은 무대 지시(stage directions)가 있는 네 개 작품 중 하나이다.

본 번역이 원문으로 삼은 아든 셰익스피어『템페스트』의 본문은 그 판본의 편집자가 F1의 것을 바탕으로 삼아서 무대 지시들을 그 이전의 여러 권위 있는 판들의 것을 따르거나 참고하여 적절히 고친 것이다. 많은 외전들 또한 편집자가 F1 이후 많은 선배 편집자들이 도입 내지 채택한 추측과 정정 들을 취사선택하고 또 그 나름의 소신으로써 정정한 결과로 탄생한 것이다.

2. 저작 연대

『템페스트』는 셰익스피어가 은퇴하고 낙향하기 직전에 쓴 작품으로 보인다. 기실 이 극의 대사 속에는 셰익스피어가 한평생 헌신해온 배우와 극작가로서의 일을 접고 은퇴하여 조용한 여생을 보내겠다는 암시들이 엿보이는 대목들이 들어 있기도 하다.

이 극은 기록(Revels Account)에 의하면, 1611년의 만성제 날인 11월 1일 저녁(Hallowmas Night)에 셰익스피어가 소속된 국왕 극단(King's Players/King's Men)이 궁정에서 국왕인 제임즈 1세(James I)를 위해 최초로 공연하였다. 이로 미루어 이 극은 1611년 11월 1일 이전 어느 때에 저작되었음을 알 수 있다.

문제는 그 이전 어느 때일까이다. 1609년에 버지니아(Virginia)의 부총독인 토머스 게이츠 경(Sir Thomas Gates)을 포함한 일단의 영국인들이 미국으로 항해하던 중 7월 28일에 폭풍우를 만나 난파당하고 무인도인 버뮤다 군도(the Bermudas)로 피신하여 6명의 사망자를 내면서 나머지는 구사일생으로 생환한 사건이 발생했다. 생존자들은 9월에 런던에 도착했다. 이들 중 한 사람인 주르데인(Sylvester Jourda(i)n)이 1610년 10월 13일에 버뮤다 군도 체류기인 『버뮤다 군도의 발견, 토머스 게이츠, 조지 소머즈 경, 선장 뉴포트 등이 이름 지은 일명 악마들의 섬*A Discovery of the Bermudas, otherwise called the Ile of Divels, by sir Thomas Gates, Sir George Sommers and Captayne Newport, with divers others*』을 간행했다. 바로 이 사사로운 난파 기록이 『템페스트』의, 적어도 부분적인 자료가 되지 않았을까 생각된다. 왜냐하면 여기에 기술된 정령들과 악귀들의 신비스러운 괴성들에 대한 묘사며, 난파당한 자들이 겪었던 생생한 기록, 그리고 그들의 본거지인 버지니아로의 탈출에 성공하는 등의 기록의 흔적들이 『템페스트』에는 많이 녹아 있기 때문이다. 이로 미루어 『템페스트』의 저작 연대는 이 난파기가 발간된 1610년 10월 13일에서 첫 공연이 있었던 1611년 11월 1일 사이에, 어쩌면 1611년 여름쯤으로 잡을 수 있을 것이다.

3. 출전

셰익스피어가 『템페스트』 저작을 위해서 참조한 자료는 주르데인의 기록 외에도 여러 가지인 듯하다. 몇 개 적어보면 다음과 같다.

첫째, 1625년에야 비로소 활자화되었으나 1610년 7월 15일에 게이츠의 비서였던 스트레이치(William Strachey)가 미국의 버지니아에서 어떤 부인에게 보낸 편지인 『토머스 경의 난파와 구원에 관한 진실한 보고서…*A True Reportory of the Wracke and Redemption of Sir Thomas Gates, Knight; upon and from the Ilands of the Bermudas: his coming to Virginia, and the estate of that Colonie there, and after, under the government of the Lord La Warre*』이다. 이 필사본 편지는 난파에 대해 상술한 후에 1609년 6월에서 1610년 7월에 이르기까지 식민지 개척자들이 아메리칸 인디언들에 의해 겪은 위험 사항들을 담고 있다.

둘째, 문제의 난파와 버뮤다 섬들, 버지니아로의 탈출, 이곳에 게이츠가 당도했을 당시의 위험 사항들을 다룬 필사본 팸플릿인 『버지니아에 있는 식민지에 대한 진실한 선언서…*A true declaration of the estate of the Colony in Virginia, with a confutation of such scandalous reports as have tended to the disgrace of so worthy an enterprise*』이다. 이것은 1610년 11월 8일자에 판권 등록이 되었으므로 출판은 당시의 관행에 따라 그 후 곧 이루어졌을 것으로 생각된다.

셋째, 스미스 선장(Captain John Smith)이 1608년에 펴낸 책인 『버지니아가 식민지화된 이래 그곳에서 발생한 사건들에 대한 진실한 이야기 *A True Relation of such Occurrences as hath passed in Virginia since the first planting that Colony*』이다.

넷째, 1578년에 타일러(Margaret Tyler)가 번역 출간한 책인 『군왕다운 행실과 기사도의 거울 *The Mirrour of Princely Deedes and Knighthood*』이다. 이 책에는 마술에 탐닉하던 군주가 아내를 잃자 어린 아들딸을 데리고 어느 섬으로 가서 마술의 성을 건설하였고, 고독 속에서 자란 딸을 위해 많은 용감한 기사들의 그림들을 보여주고 그 중 한 사람을 그 섬으로 유인해 온다는 이야기가 들어 있다. 원래 이 섬은 추한 괴물이 다스렸다고 해서 악마의 섬이라고 불리기도 했다.

다섯째, 몽테뉴(Montaigne)의 『수필집 *Essais*』이다. 『템페스트』의 캘리밴과 곤잘로의 이상적인 공화국관이 여기에서, 특히 '식인종에 관하여(Of Cannibals)'란 대목에서 온 것이 명백하다. 몽테뉴의 『수필집』은 플로리오(John Florio)가 1603년에 영역판으로 낸 바 있는데, 셰익스피어는 이 영역판을 읽었을 것으로 추정된다.

여섯째, 4막 1장에서 아이어리스, 주노, 시어리즈, 님프, 추수하는 사람들이 엮어내는 쇼는 궁정가장무도극(Court Masque) 전통에서 온 것으로서 다음과 같은 것들의 영향을 받았을 것이다. 다니엘(Samuel Daniel)이 1604년에 펴낸 『열두 여신의 환영 *The Vision of the Twelve Goddesses*』, 존슨(Ben Jonson)이 1606년에 낸 『하이멘의 마스크 *Hymenaei*』 등이다. 존슨은 이외에도 『흑의 가면 *The Masque of Blackness*』, 『미의 가면 *The Masque of Beauty*』도 저작한 바 있다.

어쨌든 4막 1장의 이 마스크는 시어리즈가 다산의 로마 여신임을 감안할 때 약혼식을 축하하는 데 알맞은 것으로서 실제로 1612년 12월 27일에 있었던 찰스 황태자(후의 찰스 1세)의 딸 엘리자베스 공주 약혼식 때 사용되었다. 이런 이유로 일부 학자들은 바로 이 목적을 위해서 셰익스피어가 써 넣었던 것이라고 주장하기도 한다.

일곱째 그리고 끝으로, 『템페스트』의 주요 내용과 유사한 사항들이 가장 많이 들어 있는 것은 중세로부터 시작되어 16세기 이탈리아에서 그 절정에 달했던 즉흥적 유형의 일단의 전원 혹은 해상 희비극들(commedia dell'arte)이다. 이 극들의 배경은 모두 요술에 걸린 섬 혹은 실종된 섬 등으로 불리는, 멀리 떨어져 있는 이상향의 섬이다. 그리고 중심인물은 자비로운 마술사로서 전통적인 마술, 마술 지팡이, 마술 서적을 지니고 있고, 자신의 충성스러운 정령들은 물론이고 반신반인의 괴물, 악마, 기타 악령 들을 동굴에다 가둔 채 부리고 있다. 그의 마술은 오로지 옛 불화들을 화해시키고 두 젊은 연인의 결혼을 실현시키는 데만 사용된다.

이 극들 중 하나인 『선박 *La Nave*』은 『템페스트』의 그것처럼, 사나운 폭풍우를 만나 난파에 직면한 배가 선객들의 아비규환과 구원의 함성으로 가득 차는 장면으로 시작된다. 배가 난파되자 이들이 바다에서 섬으로 기어오르는 장면이 이어지며, 고래가 트림하면서 입에서 괴물을 토해내는 장면도 나온다. 또 『광증*La Pazzia*』에는 『템페스트』의 저질 인물들인 스테퍼노, 트린큘로, 캘리밴 등이 벌이는 소극과 같은 것을 그라티아노(Gratiano)가 엮어내는 장면이 있다. 또 『세 반신반인들*Li Tre Satiri*』에서는 그 섬의 원주민 하나가 난파선에서 상륙한 자들 중 일부와 공모하여 마술사의 마술 서적을 훔쳐서 마술을 익히려다가 발각되어 실패하고, 이후 주인공들은 행복한 결말을 맞는 대목도 있다. 이것은 『템페스트』에 들어 있는 캘리밴의 음모와 그 좌절의 출전일 가능성이 있다고 하겠다.

4. 작품 내용

밀라노의 대공 푸로스퍼로(Prospero)는 12년 전에 마술 연구에만 몰입하여 정사를 소홀히 하다가 나폴리의 왕 알론조(Alonso)의 힘을 빌린 동생 앤토니오(Antonio)에게 대공 지위를 찬탈당했다. 앤토니오는 형 푸로스퍼로와 세 살 난 질녀 미랜더(Miranda)를 보트에 실어 망망대해에 던져버렸다. 이 부녀가 살아남을 수 있었던 것은 오로지 나폴리의 인자한 노대신 곤잘로(Gonzalo)가 식량과 옷, 귀중한 푸로스퍼로의 마술 서적들을 휴대시켜주었기 때문이었다.

푸로스퍼로 부녀가 상륙한 무인고도는 악의 마녀 시코랙스(Sycorax)가 한때 살던 곳이기도 했다. 시코랙스는 생전에 짐승과 같은 괴물 캘리밴(Caliban)을 낳았고, 에어리얼(Ariel)이란 정령을 갈라진 소나무 속에 가두어놓고 노예로 부렸었다. 푸로스퍼로는 에어리얼을 석방해주었고, 에어리얼은 이 은혜에 보답하고자 또 완전한 해방의 날을 내다보면서 푸로스퍼로를 주인으로 모시고 심부름을 하게 된다. 한편 푸로스퍼로는 캘리밴을 교육하여 문명인으로 만들려고 노력했으나 여의치 않아 하인으로 부리게 된다. 이러한 생활을 하던 중 어느 날 푸로스퍼로는 알론조 왕이 그의 일행과 더불어 튀니스에서 거행된 딸과 튀니스 왕의 결혼식에 참석했다가 귀국하는 항해 길에 있음을 알게 되었다. 자신의 동생 앤토니오도 그 일행에 끼어 승선하고 있었다. 말하자면 푸로스퍼로는 원수들을 일망타진하여 복수할 수 있는 절호의 기회를 맞게 된 것이다. 그는 이제 완성에 이른 자신의 마술로 폭풍우를 일으킨 후 에어리얼을 시켜서 이들을 섬으로 유인한다. 그리고 알론조 왕의 아들 퍼디넌드(Ferdinand)는 특별히 무리에서 따로 떼어 홀로 상륙시켜서 미랜더와 사랑하는 사이로 만든다. 그는 결국 자신의 자비하에 들어온 원수들을 용서하고, 마술을 버림으로써 비극적인 결말 대신에 행복한 결말을 낸다. 이것이 이 극의 간략한 줄거리이다.

『템페스트』는 셰익스피어의 극작품으로서는 드물게 『실수 연발』, 『윈저의 흥겨운 아낙들』과 더불어 당시 극작의 중요한 규칙이었던, 하루 시간 안에, 한 장소에서, 한 줄거리에 관한 것이어야 한다는, 이른바 세 가지 일치들 혹은 삼단일(three unities)을 준수한 걸작품의 하나이다. 관용과 용서와 화해가 이 극의 주제라는 데 이의가 있을 수 없다. 선은 악과의 투쟁에서 승리한다. 복수와 처벌 대신에 용서와 관용이 있고, 절망과 암흑 대신에 희망과 빛이 있다.

이 극은 생의 찬가라고 해도 과언이 아니다. 인생은 악의와 불의와 배반으로 얼룩져 있다고 해도 역시 살아볼 가치가 있음을 보여준다. 이는 다음과 같은 미랜더의 감격적인 외침으로도 표현되고 있다. '오 놀랍구나! 훌륭한 사람들이 여기에 이렇게도 많다니! / 인간은 정말 아름답구나! 이런 분들이 존재하다니, / 참, 찬란한 신세계로다!' (5막 1장, 181~84행*).

이 극의 기타 의미들은 이 극의 알레고리를 분석해볼 때 드러난다. 기실 『템페스트』는 일련의 알레고리로 되어 있다고 할 수 있을 정도로 많은 우의를 담고 있다. 등장인물의 이름도 우의적인 것이 많다. 푸로스퍼로(Prospero)는 번영한다는 뜻의 'prosperous'를 연상시키며, 미랜더(Miranda)는 기적(miracle), 놀라운(*mirandus*=wonderful) 및 퍼디넌드의 '찬탄을 자아내는 미랜더!(Admir'd Miranda)' (3막 1장, 37행)를 상기시켜주는 우의를 지닌다. 에어리얼(Ariel)은 공기(air)의 정령을, 저주의 말이 입에 붙어 있다시피 하는 캘리밴(Caliban) ─ 그는 자신을 ''Ban, 'Ban, Ca-Caliban'으로 부르기도 했다(2막 2장, 184행) ─ 은 '저주(ban)하는' 어두움의 자식임을 우의적으로 각각 나타내고 있는 것이다.

가장 주목할 만한 알레고리는 푸로스퍼로와 그의 두 하인인 에어리얼, 캘리밴이 이루는 것이다. 인간이 정신과 육체라는 불가분의 두 가

---

* 이하 본문 인용의 행수는 '아든 셰익스피어'의 것을 따름.

지 요소로 된 개체라고 할 때, 에어리얼과 캘리밴은 바로 인간의 이 '두 요소'인 것이다. 영혼, 사랑 등 천사적인 면을 상징하는 에어리얼 은 곧 인간의 정신이요, 미랜더를 능욕하려고 혈안이 되어 있음으로 써 육욕과 같은 동물적인 면을 상징하는 캘리밴은 곧 인간의 육신인 것이다. 인간은 이 두 요소를 지니고 있기 때문에 자연 그의 위치는 천사와 동물 사이에 처할 수밖에 없다. 그런데 주인공 푸로스퍼로는 캘리밴을 회개하도록 교육하고 은총을 받도록 인도함으로써 자신 속 의 캘리밴적 요소를 지양하여 천사의 자리에까지 오르게 된다는 인간 승리를 보여주는 것이다.

인간은 천사의 위치로 자신을 끌어올리기 위해서는 자기 속의 캘리 밴을 어떤 희생을 치르고서라도 제거해야 한다. 이를 제거하는 데 성 공한다면 이는 인간 최고의 승리가 될 것이다. 곧, 곤잘로가 서술한 '이 상적인 공화국(commonwealth)'(2막1장, 143~52행 및 155~60행) 시대가 열리게 된다. 그러나 만약 이에 실패한다면 인간의 세계에는 갈등, 불화, 살인, 반역, 찬탈, 골육상잔, 강간 등의 인간악들이 끊이 지 않을 것이다. 푸로스퍼로가 자신 속에 내재한 캘리밴을 구축하는 작업은 자신 속의 '어두움'의 요소를 솔직히 인정하는 데(5막 1장, 274~76행)서부터 출발한다는 사실에 주목해야 한다.

푸로스퍼로는 채찍과 사랑을 수단으로써 그의 캘리밴을 교화하고 선도하는 노력을 아끼지 않았다. 그의 이 노력이 결실을 거두게 된다 는 것은 다음과 같은 캘리밴의 말이 증거한다 ― '차후에는 현명해지 고, / 은총을 구하겠습니다. 난 세 겹의 바보였지, / 이 주정뱅이를 신 으로 잘못 알고 / 이 멍청이 바보를 경배하다니!'(5막 1장, 294~97

행). 캘리밴이 과거의 잘못을 뉘우치고 회개한다는 사실이 갖는 의미는 푸로스퍼로가 자신을 동물의 수준에서 벗어나 천사의 수준 근처로 끌어올리는 데 성공한다는 의미이다. 동시에 이것은 사람이면 누구나 푸로스퍼로의 방법을 통하면 성공할 수 있다는 귀중한 가능성을 보여준 것이기도 할 것이다.

자신 속의 캘리밴, 곧 저급의 동물적 욕망을 완전히 구축한 푸로스퍼로는 그의 원수들의 운명이 순전히 자신의 자비하에 놓이게 되었을 때 '눈에는 눈으로' 식의 복수를 지양하고 그들을 무조건 용서한다. 그의 이 용서가 번복될 수 없는 최종적인 것임은 그가 무엇보다도 귀중하게 여기던 마술, 마술 서적, 마술 지팡이를 바다 깊숙이 던져버리는 행동으로써 상징되었다(5막 1장, 50~57행). 또 그는 '에필로그(폐막)'에서도 '이제 저의 마술을 다 던져버렸습니다'라고 되풀이해 말한다. 그는 끝까지 뉘우칠 줄 모르는 동생 앤토니오가 용서받을 자격이 있는지 없는지를 따져보지도 않고 역시 그를 용서해준다. 이 무조건적인 용서는 종교적 차원의, 곧 기독교적인, 절대적인 용서인 것이다. 무조건적 용서, 과거의 원한을 완전히 잊어버리는 용서는 시들고 병든 인간을 구원하고 인간에게 새 생명을 가져다준다. 이것은 인간을 거듭나게 만든다.

인간의 거듭남은 퍼디넌드가 받은 '제2의 생명(a second life)'과 미랜더와 퍼디넌드 두 젊은 남녀의 티 없이 맑고 순수한 사랑의 결합으로 상징되었다. 이리하여 『템페스트』는 미움을 사랑으로 승화시켜 혼돈에서 찬란한 질서의 신세계, 시배스천이 말한 '최고의 기적(A most high miracle!)'(5막 1장, 177행)을 창조해냈다. 미랜더가 '참,

찬란한 신세계(O brave new world)' (5막 1장, 183행)라고 외친 것은 인간 세계에 대한 매우 긍정적인 희망을 말한 것이다.

끝으로 푸로스퍼로가 그의 마술 서적을 바다에 영원히 던져버리는 것은 또 다른 의미에서 매우 상징적이다. 이것은 셰익스피어가 자신의 극예술을 버린다는 뜻으로 풀이될 수도 있기 때문이다. 또 푸로스퍼로가 물리적인 시간과 거리를 초월하는 능력으로써 종횡무진의 도움을 받던 초자연적인 하인 에어리얼을 완전히 놓아주는 것 또한 셰익스피어가 극작가로서의 생을 마감하려는 의지의 표현으로 해석될 수도 있다. 어쨌든 플렛처와의 공저로 의심되는 『헨리 8세』를 제외한다면 『템페스트』는 단독 저작으로서는 셰익스피어의 최종 작품이란 점과 이것이 최초로 공연된 1611년 전후 어느 때에 그가 배우와 극작가의 생을 마감하고 에이본(Avon) 강가의 스트래트퍼드로 금의환향하여 은퇴 생활을 시작했다는 사실에 우리는 주목해야 할 것이다.

이경식

1552년	부친 존(John) 셰익스피어가 4월 29일자로 읍 문서에 스트래트퍼드 어폰 에이본(Stratford-upon-Avon, 이하 스트래트퍼드)의 헨리 가(Henley Street)에 가옥을 소유했다는 기록이 있음. 그는 불법으로 쓰레기를 쌓아놓은 데 대해 1실링의 벌금형을 받음.
1555 혹은 1556년	장차 부인이 될 앤 해서웨이(Anne Hathaway)가 태어남 (1623년 사망).
1556년	외조부 로버트 아든(Robert Arden) 사망. 11월 24일자로 된 유서에서 외조부는 그의 막내딸이며 존 셰익스피어와 곧 결혼할 메어리(Mary)에게 윌름코트(Wilmcote) 소재의 농지(Asbies)를 유산으로 남김.
1557년	존 셰익스피어와 메어리 아든 결혼.
1558년	존 셰익스피어의 8남매 자녀 중 첫아이이며 첫째 딸인 조운(Joan) 출생(9월 15일 세례, 사망 연대 미상). 존 셰익스피어는 도랑을 깨끗이 유지하지 못한 죄로 4펜스 벌금형을 받음.
	11월 17일 메어리(Mary) 여왕이 사망하고 엘리자베스(Elizabeth) 여왕 1세가 등극.
1561년	조부 리처드(Richard) 셰익스피어 사망. 부친은 스트래트퍼드 읍 징수 계원으로 선출됨, 그다음 해에 재선.
	프랜시스 베이컨(Francis Bacon) 출생.
1562년	존 셰익스피어의 둘째 아이이며 차녀인 마거릿트(Margaret) 출생(12월 2일 세례, 1563년 사망, 장례는 4월 30일).
1564년	존 셰익스피어의 세번째 아이이며 장남인 윌리엄 셰익스피어

(William Shakespeare, 이하 셰익스피어) 출생(4월 26일 세례).

당시 교적부에는 출생일이 아니라 세례일이 기록되었음. 세례는 보통 출생 후 2, 3일 후에 받았는데 4월 23일은 영국의 수호신인 성 조지의 날이기도 해서 셰익스피어의 생일을 전통적으로 4월 23일에 축하하고 있음.

존 셰익스피어는 스트래트퍼드의 재정 의원회 회원으로 올랐으며, 흑사병 희생자들을 위한 구원금도 냄.

1565년　존 셰익스피어는 스트래트퍼드의 읍 법인(Corporation)의 위원(alderman)에 임명됨.

1566년　존 셰익스피어의 넷째 아이이며 차남인 길버트(Gilbert) 출생(10월 13일 세례, 1612년 사망, 2월 3일 장례).

1568년　존 셰익스피어는 9월 4일에 스트래트퍼드 읍의 최고 관직인 수령(High Bailiff)에 선출됨.

여왕 극단(Queen's Players)과 우스터 극단(Worcester's Men)이 스트래트퍼드 방문 공연.

1569년　존 셰익스피어의 다섯째 아이이며 셋째 딸 조운(Joan) 출생(4월 15일 세례, 1646년 사망). 삼녀가 장녀의 이름자를 그대로 세례명으로 받은 것은 장녀가 그 이전에 사망했음을 말해줌.

1571년　존 셰익스피어의 여섯째이며 넷째 딸 앤(Anne) 출생(9월 28일 세례, 1579년 사망, 4월 4일 장례).

이때쯤 존은 읍 법인의 위원장(chief alderman)이 됨. 그리고 이때쯤 셰익스피어는 고향의 문법학교에 입학.

1572년　레스터 극단(Leicester's Men)이 스트래트퍼드 방문 공연.

1574년　존 셰익스피어의 일곱째 아이이며 셋째 아들인 리처드(Richard) 출생(3월 11일 세례, 1613년 사망, 2월 4일 장례).

워릭 극단(Warwick's Men)과 우스터 극단이 스트래트퍼드 방문 공연.

1575년　엘리자베스 여왕이 스트래트퍼드 근처의 케닐워스(Kenil-

worth) 성 방문. 셰익스피어가 여왕의 행차 행렬을 구경했을 것
임. 부친은 헨리 가 소재 부동산 구입.

1576년   존 셰익스피어는 문장원에 가문(家紋)을 신청했으나 발급되지
          않음.
          레스터 극단이 스트래트퍼드 방문 공연.

1577년   이때부터 존 셰익스피어의 가세가 기울기 시작, 부채자로 여러
          번 소환된 기록이 있음.

1578년   스트레인지 경 극단(Lord Strange's Men)과 에섹스 극단(Essex's
          Men)이 스트래트퍼드 방문 공연. 존 셰익스피어는 부인이 유
          산으로 받은 윌름코트의 부동산을 담보로 40파운드를 차용함.

1579년   다비 극단(Derby's Men)이 스트래트퍼드 방문 공연.

1580년   존 셰익스피어의 여덟째 아이이며 넷째 아들 에드먼드
          (Edmund) 출생(5월 3일 세례, 1607년 사망, 12월 31일 장례).
          바클리 경 극단(Lord Berkeley's Men)이 스트래트퍼드 방문
          공연.

1581년   우스터 극단이 스트래트퍼드 방문 공연.

1582년   셰익스피어가 앤 해서웨이와 결혼(결혼 허가서 11월 27일 발
          부). 바클리 경 극단이 스트래트퍼드 방문 공연.

1583년   셰익스피어의 첫아이인 장녀 수재너(Susanna) 출생(5월 26일
          세례, 1649년 사망, 7월 16일 장례).
          에섹스 극단이 스트래트퍼드 방문 공연.

1585년   셰익스피어의 쌍둥이 자녀 햄닛(Hamnet)과 주디스(Judith) 탄
          생(2월 2일 세례, 햄닛은 1596년 사망하여 8월 11일, 주디스는
          1662년 사망하여 2월 9일 장례).

1586년   셰익스피어는 고향 스트래트퍼드를 떠남. 이때부터 1592년 그
          가 런던에 거주하는 것이 확실해질 때까지 그의 행방은 알려지
          지 않음. 이 시기를 학계에서는 '행방불명의 시기(lost years)'
          로 칭함. 이와 관련된 구전하는 설 세 가지를 소개하면, 첫째 셰

익스피어는 이 기간에 시골 학교에서 교편을 잡았다. 둘째 셰익스피어는 고향 인근 찰코트(Charlecote)에 소재한 토머스 루시 경(Sir Thomas Lucy)의 공원에서 사슴을 훔친 죄로 인한 처벌을 피하고자 런던으로 도피했다. 셋째 그는 런던으로 와 극장 입구에서 기다리다가 하인을 대동하지 않고 관극 오는 사람들의 말을 돌보는 일을 했으며, 이 일에 아주 성공적이어서 '셰익스피어 보이들'로 불린 일꾼들을 두기까지 했다.

여왕 극단과 스태퍼드 경 극단(Lord Stafford's Men)이 스트래트퍼드 방문 공연.

1587년   존 셰익스피어는 몇 년째 회의 불참으로 인해 읍 법인의 위원 자리를 잃음.

에섹스 극단과 레스터 극단, 스트래트퍼드 방문 공연. 런던의 사덕(Southwark) 지역 템스 강둑에 장미 극장(Rose Theatre)이 필립 헨슬로(Philip Henslowe)에 의해 건립됨.

1589년   이 무렵 셰익스피어는 런던의 한 극단(스트레인지 경 극단과 제독 극단Admiral's Men의 합병)과 관련을 맺으며, 그 관계가 1594년 어느 시점까지 지속된 것으로 추측됨.

『헨리 6세, 1부*Henry VI, Part I*』 저작. 1592년 3월 3일에 첫 공연(?). 이는 1594~95년에 개작, 활자화는 1623년 첫 전집에서 됨.

공연물 감독관(Master of the Revels)제가 시행됨에 따라 당국이 극작물과 공연 허가를 관장하기 시작함.

1590년   『헨리 6세, 2부*Henry VI, Part II*』가 1590~91년에 저작, 공연 기록은 없음. 1594년『요크와 랭카스터 두 명문가의 쟁투, 제1부*The First Part of the Contention betwixt the Two Famous Houses of York and Lancaster*』란 제목의 저질 본문이 1594년 3월 12일 판권 등록된 뒤에 출판됨. 양질의 본문은 1623년의 F1에서 처음 활자화됨.『헨리 6세, 3부*Henry VI, Part III*』가 역

시 저작됨. 첫 공연은 1592년 9월 이전으로 보이며, 1595년에 이 극이 이미 여러 차례 공연된 바 있다는 기록이 있음. 이것의 저질 본문이 1595년 『요크 공작 리처드의 참된 비극*The True Tragedy of Richard Duke of York*』이란 제목으로 출판됨. 이 것의 양질 본문도 F1에서 처음 활자화됨.

1592년 스트레인지 경 극단이 3월 3일 『헨리 6세』를 런던의 장미 극장에서 공연. 이 극단은 4월 11일과 그 후에 여러 차례 『타이터스 앤드러니커스*Titus Andronicus*』를 공연함.

셰익스피어가 로버트 그린(Robert Greene)의 『그린의 서 푼어치의 지혜…*Greenes Groatsworth of Wit bought with a Million of Repentance*』에서 공격당함으로써 그의 극작가로서의 활동이 처음 언급됨. 이로써 그의 '행방불명의 시기'도 끝이 남.

그린은 셰익스피어의 『헨리 6세, 3부』에 나오는 한 행을 인용하면서 또 무식한 배우에 불과한 자가 자기를 포함한 대학출신 극작가들의 작품들 덕을 입고 극작에까지 손을 대면서 '벼락부자(upstart Crow)'가 되었다고 맹비난을 가했다. 이어그는 그자가 '일국의 무대를 홀로 뒤흔들고 있다(the onely Shake-scene in a countrey)'고 셰익스피어의 이름을 빗댄 말을 함으로써 문제의 '무식한 배우이자 극작가'가 셰익스피어임을 재차 강하게 시사했다. 이 책을 출판한 헨리 체스터(Henry Chester)는 같은 해 『친절한 마음의 꿈*Kind-Hearts Dreame*』에서 셰익스피어에 대한 그런 부당한 내용이 포함된 그린의 책을 편집하여 출판한 데 대해 사과하면서 자신이 관찰한 바로는 셰익스피어가 행실이 좋고, 연기나 극작에 훌륭한 솜씨를 보이고 있으며, 사람들과의 관계에서도 올바르게 처신하기 때문에 칭찬이 자자하다고 적었다.

존 셰익스피어는 빚을 갚지 못한 일로 체포를 우려하여 교회

출석을 기피하다가 예배 불참에 대해 지적을 받음.

1592~93년경 『리처드 3세*Richard III*』 저작. 최초 공연은 1593년 12월 30일. 출판은 1597년 10월 20일 판권 등록된 후 이루어짐. 역시 이 시기에 시집 『비너스와 아도니스*Venus and Adonis*』가 저작되고, 1593년 4월 18일에 판권 등록을 한 후 출판. 『실수 연발*The Comedy of Errors*』이 1592~94년에 저작. 첫 공연은 1594년 12월 28일. 활자화는 1623년 F1에서 비로소 됨.

펨부르크 백작 극단(The Earl of Pembroke's Men)이 창단되어 1600년까지 공연 활동을 함. 필립 헨슬로가 무대(극작과 공연을 포함)에 관한 많은 정보를 수록하는 일기(Diary)를 쓰기 시작함.

런던의 극장들이 흑사병으로 폐쇄되어, 극단들은 이해 6월부터 1594년 6월까지 지방 순회공연을 함.

1593년 셰익스피어는 『비너스와 아도니스』를 출간해 사우샘튼(Southampton) 백작인 헨리 라이오스슬리(Henry Wriothesley)에게 헌정함. 이때부터 소네트 시를 1599년까지 썼으며, 1609년에는 『소네트 시집*The Sonnets*』이 출간됨. 제2의 시집인 『루크리스의 겁탈*The Rape of Lucrece*』이 저작되고, 1594년 5월 9일에 판권 등록을 한 후 출판됨. 이것 역시 사우샘튼 백작에게 헌정됨. 1592년 4월 이전에 비극 『타이터스 앤드러니커스』가 저작된 것으로 보임. 최초의 공연 기록은 1592년 4월 11일. 1594년 2월 6일자에 판권 등록된 후 출판됨. 『말괄량이 길들이기*The Taming of the Shrew*』가 1593~94년에 저작. 최초의 공연 기록은 1594년 6월 13일. 이것의 저질 본문이 1594년 5월 2일에 판권 등록된 후 『한 말괄량이 길들이기*The Taming of a Shrew*』란 이름으로 출판되고, 양질의 본문은 1623년 F1에서 비로소 활자화됨.

5월 30일 극작가 크리스토퍼 말로(Christopher Marlowe) 사

망(6월 1일 장례).

1594년 　『베로나의 두 신사*The Two Gentlemen of Verona*』가 저작됨. 초기의 공연 기록은 없음. 1623년 F1에서 비로소 활자화됨. 『사랑의 헛수고*Love's Labour's Lost*』가 1594~95년에 저작됨. 1593~94년 흑사병이 돌 때 사우샘튼 백작의 저택에서 첫 공연된 이 작품이 1597년에 개정되어 1598년에 출판된 것으로 보임.

셰익스피어를 포함한 6명의 작가가 합작한 『토머스 모어 경 *Sir Thomas More*』이 1590~93년에 저작되고, 1594~95년에 개정됨. 이 중의 'Hand D'로 명명된 3페이지(147행)가 셰익스피어의 것으로 간주됨. 출판은 1844년에야 비로소 이루어짐. 1594~96년 작으로 추정되는 『존 왕*King John*』은 F1에서 처음 활자화됨. 최초의 공연 연대는 1737년.

셰익스피어가 차후 소속된 체임벌린 경 극단(Lord Chamber-lain's(Lord Hunsdon's) Men/Company)이 등장.

1595년 　새 극장 '백조 극장(Swan Theatre)'이 런던의 템스 강 남쪽 둑에 건립됨.

이 당시 셰익스피어는 런던 비숍게이트 지역의 성 헬렌 교구에 살았고, 1594년 12월 26일과 28일에 궁정에서 있었던 두 희극 공연료가 극단에 3월 15일 지급된 일과 관련하여 그의 이름이 배우 명단에 올랐음. 그는 (사우샘튼 백작의 재정적 지원으로?) 이 체임벌린 경 극단의 주주가 됨.

『리처드 2세*Richard II*』가 저작됨. 최초의 공연 기록은 1595년 12월 9일. 1601년 2월 7일 공연은 에섹스 백작의 반란과 연계된 관계로 극단이 당국의 심문을 받음. 출판은 1597년 8월 29일 판권 등록된 후 이루어짐. 『로미오와 줄리엣*Romeo and Juliet*』이 1595~96년에 저작되고, 저질 본문과 양질 본문이 각각 1597년과 1599년에 출판됨. 초기 공연 기록은 없음. 『한여

름 밤의 꿈*A Midsummer Night's Dream*』이 1595~96년에 저
작, 1600년 10월 8일 판권 등록된 후 출판. 1600년 이전에 여
러 차례 공연되었다는 기록이 있음.

1596년   8월 11일 셰익스피어의 아들 햄닛의 장례.

10월 20일 존 셰익스피어는 마침내 가문(家紋) 허가를 받았
고, 이때부터 '양반(Gentleman)'이란 칭호를 이름에 붙일 수 있
는 권리를 갖게 됨.

『베니스의 상인*The Merchant of Venice*』이 1596~97년에
저작되고, 1598년 7월 22일 판권 등록된 후 1600년에 출판됨.
1600년 이전에 여러 차례 공연되었다는 기록이 있음. 『헨리 4
세, 1부*Henry IV, Part I*』가 1596~97년에 저작되고, 1598년 2
월 25일 판권 등록된 후 출판. 최초의 공연 기록은 1600년 3월
6일.

1597년   5월 4일 스트래트퍼드 소재의 주택('New Place')을 두 개의
헛간과 두 채의 초가와 더불어 60파운드에 구입. 얼마 후에 이
일과 관련하여 벌금을 징수당함. 성 헬렌 교구 소재의 부동산
세 미납. 1600년에 완납한 것으로 보임.

제2 블랙프라이어즈 극장(Second Blackfriars Theatre)이
제임즈 버비지(James Burbage)에 의해 건립됨. 체임벌린 경
극단은 런던에서의 공연 금지령에 따라 10월까지 지방 순회공
연을 가짐. 연말부터 버비지가 극장(Theatre)이란 이름의 극장
을 헐고 글로브 극장(Globe Theatre)을 건축하게 되었는데,
이것이 완공된 1599년까지 극단은 커튼 극장(Curtain
Theatre)에서 공연함. 따라서 셰익스피어가 『헨리 5세*Henry
V*』(1599)에서 언급한 목재로 된 원형극장(wooden O)은 커튼
극장을 지칭한 것으로 보임. 글로브 극장 건립에는 제임즈 버
비지의 아들 형제 커스버트와 리처드(Cuthbert and Richard
Burbage)가 주도적 역할을 했음. 동생 리처드는 셰익스피어

극단인 체임벌린 경 극단의 주요 배우로서 비극의 주인공 역을 주로 담당했음.

『윈저의 흥겨운 아낙들*The Merry Wives of Windsor*』이 저작됨. 이것의 저질 본문이 1602년 1월 18일 판권 등록된 후 출판됨. 양질의 본문은 1623년 F1에서 비로소 활자화됨. 이 극이 1602년 이전에 여러 차례 공연되었다는 기록이 있음. 이 극은 『헨리 4세』의 1, 2부에 등장하는 희극적 인물인 폴스타프(Falstaff)에 반한 엘리자베스 여왕이 셰익스피어에게 이 인물이 등장하는 극을 또 써달라고 한 특별한 주문에 작가가 2주 만에 완성했다는 이야기가 전해지고 있음.

1598년   1월 1일과 6일 셰익스피어 소속 극단이 궁정인 화이트홀(Whitehall)에서 공연함.

셰익스피어가 스트래트퍼드에서 식량 부족 시기에 맥아 10쿼트를 소유한 기록이 남아 있음.

셰익스피어는 벤 존슨(Ben Jonson)의 『각인각색*Every Man in His Humour*』에 출연한 주된 희극배우들 명단의 선두를 차지함. 프랜시스 미어즈(Francis Meres)는 그의 책 『지혜의 보고*Palladis Tamia: Wit's Treasury*』에서 셰익스피어 작으로 12편의 극작품을 언급함. 여기에는 현재까지 발견되지 않은 『사랑의 결실*Love's Labour's Won*』도 포함되어 있음.

『헨리 4세, 2부*Henry IV, Part II*』가 저작됨. 1600년 8월 23일 판권 등록된 후 출판. 출판 이전에 여러 차례 공연되었다는 기록이 있음. 『헛소동*Much Ado about Nothing*』이 1598~99년 저작되고, 이것의 출판은 1600년 8월 23일 판권 등록된 후 이루어짐. 출판 이전에 여러 차례 공연되었다는 기록이 있음.

1599년   1월 1일과 2월 20일 셰익스피어가 소속한 극단이 궁정에서 공연함.

존 셰익스피어가 부인 메어리 아든 가문의 문장을 그의 문장에 합할 수 있도록 문장원에 신청함.

글로브 극장이 개장하여 셰익스피어 극단인 체임벌린 경 극단의 전용 극장이 됨.

『헨리 5세』 저작, 저질 본문이 1600년에 8월 4일 판권 등록된 후 출판. 출판 이전에 여러 차례 공연되었다는 기록이 있음. 『좋으실 대로 *As You Like It*』와 『줄리어스 시저 *Julius Caesar*』가 역시 저작되었으며, 모두 F1에서 비로소 활자화됨. 최초의 공연 기록은 각각 1603년 12월 2일과 1599년 9월 21일.

1600년 에드워드 앨린(Edward Alleyn)과 필립 헨슬로가 글로브 극장과 겨루기 위해서 포춘 극장(Fortune Theatre)을 극장을 건립함. 이는 제독 극단이 주로 사용했으나 1603년 이후에는 여러 극단에 개방됨.

『햄릿 *Hamlet*』이 1600~01년에 저작됨. 1602년 7월 26일 판권 등록된 후 저질 본문이 1603년에, 양질 본문이 1604~05년에 각각 출판됨. 공연이 1602년 7월, 1603년 등 수차 있었다는 기록이 있음.

1601년 존 셰익스피어 사망, 9월 8일 장례. 6장(leaf)으로 된 그의 '간증(Spiritual Testament)'이 헨리 가의 자택에서 1757년에 발견됨. 이에 의하면 그는 사망 시 가톨릭 신자였음. 그의 사망 직전에 스트래트퍼드 읍 법인으로부터 소송 건에 도움을 달라는 요청을 받은 기록이 있음.

2월 7일 글로브 극장에서는 『리처드 2세』를 에섹스 백작 일당의 반란(2월 8일)을 시민들에게 사주하기 위해서 공연했다가 극단원인 오거스틴 필립스(Augustine Phillips)가 당국의 심문을 받았음. 그러나 아무도 기소되지는 않음.

『불사조와 산비둘기 *The Phoenix and Turtle*』가 로버트 체스터(Robert Chester)의 『사랑의 순교자 *Love's Martyr*』 속에 포함되어 출판됨. 『십이야 *Twelfth Night*』가 1601~02년에 저작.

F1에서 처음으로 활자화됨. 1601년의 십이야(곧 오늘날의 1602년 1월 5일 밤)에 공연. 그해 2월 2일에도 법학원의 하나인 미들 템플(Middle Temple)에서 공연됨. 『트로일러스와 크레시다*Troilus and Cressida*』 또한 1601~02년에 저작된 것으로 보이며, 1603년 2월 7일 판권 등록되고, 1609년에 출판됨. 1603년 2월 7일 이전에 공연되었다는 기록이 있음.

1602년 셰익스피어에게 존 쿰(John Combe)이 구 스트래트퍼드 소재의 127에이커의 대지를 320파운드를 받고 5월 1일자로 양도. 9월 28일 스트래트퍼드의 채플 레인(Chapel Lane) 소재의 가옥 한 채에 대한 등기 수속.

『끝이 좋으면 모두 좋아*All's Well That Ends Well*』가 1602~03년에 저작됨. 그러나 활자화는 F1에서 비로소 이루어짐. 최초 공연 기록은 1741년.

1603년 3월 24일 타계한 엘리자베스 여왕 1세 장례.

셰익스피어가 존슨의 비극 『세자너스*Sejanus*』를 공연한 주된 배우의 한 사람으로 존슨이 작성한 배우 명단에 올라 있음.

5월 19일 셰익스피어 극단은 제임즈 1세가 여왕의 뒤를 이으면서 체임벌린 경 극단에서 국왕 극단(King's Men)으로 개명됨. 한편 제독 극단은 헨리 왕자 극단(Prince Henry's Men)이 됨. 가을에 『좋으실 대로』가 제임즈 왕을 위해 윌트셔(Wiltshire) 소재의 펨부르크 백작 부인의 윌튼 저택(Wilton House)에서 공연됨.

런던의 극장들은 1603년 후반부터 1604년 4월까지 폐쇄됨.

1604년 이때쯤 셰익스피어는 스트래트퍼드의 약제사 필립 로저스(Philip Rogers)를 빚(3실링 10펜스) 때문에 고소하여 소송을 겲. 또 그는 3월 15일 국왕 극단 일원의 자격으로, 제임즈 왕이 런던 시내를 행차할 때 그 행렬 참여에 필요한 붉은색 천 4야드를 하사받음.

『자에는 자로*Measure for Measure*』를 저작함. 이것의 활자화는 F1에서 처음 이루어짐. 최초 공연은 1604년 12월 26일. 『오셀로*Othello*』가 저작되었고, 1621년 10월 6일에 판권 등록되고, 1622년에 단행본으로 출판됨.

1월 1일 궁정에서 『한여름 밤의 꿈』이 공연됨. 만성제 날인 11월 1일에는 『오셀로』가 화이트홀에서 공연됨. 11월 4일에는 역시 화이트홀에서 『윈저의 홍겨운 아낙들』이 공연됨. 12월 26일에도 화이트홀에서 『자에는 자로』가 공연됨. 12월 28일 『실수 연발』이 화이트홀에서 공연됨. 『사랑의 헛수고』가 사우샘튼 백작의 런던 저택에서 공연됨.

1605년   셰익스피어는 동료 배우 필립스의 5월 4일자 유서에서 금화로 30실링을 받도록 기재되어 있음. 7월 24일자에 셰익스피어는 스트래트퍼드, 웰컴, 비숍튼 소재의 소작의 10분의 1을 받는 대지('a half-interest in tithes')를 타인들과 공동으로 구입함.

『리어 왕*King Lear*』이 저작되어 1607년 11월 26일에 판권 등록되고, 출판은 1608년에 이루어짐. 1606년 12월 26일 화이트홀에서 공연.

1월 1일과 6일 사이에 『사랑의 헛수고』가 화이트홀에서 공연됨. 1월 7일에는 『헨리 5세』, 2월 10일과 12일에는 『베니스의 상인』이 각각 공연됨.

레드 불 극장(Red Bull Theatre)이 건립됨. 1617년까지 앤 왕비 극단(Queen Anne's Men)이 사용함.

1606년   『맥베스*Macbeth*』가 저작됨. 활자화는 F1에서 비로소 이루어짐. 최초 기록은 1611년 4월 20일에 글로브 극장에서 공연되었음을 말해줌. 그 이전에도 수차 공연되었을 것으로 추정함. 『앤토니와 클리오파트라*Antony and Cleopatra*』가 1606~07년에 저작되고, 활자화는 F1에서 이루어짐. 17세기에 공연이 있었다는 기록은 없음.

1607년	셰익스피어의 장녀 수재너가 6월 5일 의사 존 홀(John Hall, 1575년생, 1635년에 사망)과 결혼. 셰익스피어의 남동생으로 보이는 배우 신분의 에드먼드가 연말에 사망(장례 12월 31일).
	『코리어레이너스*Coriolanus*』, 1607~08년에 저작, 활자화는 F1에서 비로소 이루어짐. 공연 기록은 없음. 『아테네의 타이몬*Timon of Athens*』, 1607~08년 저작, F1에서 처음 활자화됨. 왕정복고 이전 공연 기록은 존재하지 않음. 『페리클리즈*Pericles*』 역시 1607~08년에 저작되고, 출판은 1608년 5월 20일에 판권 등록된 후 1609년에 이루어짐. 그러나 이 극작은 F1의 36편 중에 들어 있지 않음. 공연은 1607년 1월 5일에서 1608년 11월 23일 사이의 어느 때 관람했다는 베니스 대사의 기록이 있고, 1609년 크리스마스쯤 요크셔 극단이 공연함.
1608년	셰익스피어의 외손녀 엘리자베스 홀(Elizabeth Hall) 출생(2월 21일 세례, 셰익스피어의 최종 후손으로서 1626년 4월 22일 스트래트퍼드의 토머스 내쉬—Thomas Nash, 1647년 사망—와 결혼. 1649년 6월 5일 존 버나드와 재혼, 1670년 2월 중순 사망, 2월 17일 장례).
	셰익스피어의 모친 메어리 사망(9월 9일 장례).
	셰익스피어는 스트래트퍼드에서 빚을 진 존 애든브르크(John Addenbrooke)에게 12월 17일부터 1609년 6월 7일까지 송사를 진행함. 셰익스피어는 국왕 극단이 제임즈 버비지의 아들 리처드 버비지에게서 조차한 제2 블랙프라이어즈 극장의 7분의 1 주주가 됨. 프랑스와 베니스 사신들이 런던에서 『페리클리즈』 공연을 관람.
1609년	국왕 극단이 가을 시즌부터 블랙프라이어즈 극장을 사용하기 시작했는데 1642년 크롬웰 정권에 의해서 극장들이 폐쇄 조치 당할 때까지 계속됨.
	5월 20일 셰익스피어의 소네트 시집 판권 등록. 출판은 허가

없이 그 직후에 이루어진 것으로 보임. 크리스마스 시즌에 국왕 극단은 화이트홀에서 왕족을 위해 13편의 극을 공연함.

『심벌린Cymbeline』이 1609~10년에 저작, F1에서 처음 활자화됨. 1611년 (아마도 4월에) 공연을 관람했다는 사이먼 포먼(Simon Forman)의 기록이 있음.

<table>
<tr><td>1610년</td><td>셰익스피어가 부친으로부터 상속받은 듯한 스트래트퍼드 헨리가 소재의 창고를 임대한 기록이 있음. 이해 어느 때 그는 스트래트퍼드로 귀향하여 살기 시작한 듯함. 『겨울 이야기The Winter's Tale』가 1610~11년에 저작되었으나 활자화는 F1에서 이루어짐. 1611년 5월 15일 공연을 포먼이 글로브 극장에서 관람했다는 최초의 공연 기록이 있음. 또 11월 5일에는 국왕 극단이 공연함. 4월 30일에 『오셀로』가 글로브 극장에서 공연됨. 성촉절(Candlemas)에 요크셔의 고스웨이트(Gothwaite)에서 『페리클리즈』와 『리어 왕』이 공연됨. 『템페스트The Tempest』가 1610~11년에 저작되고, 활자화는 F1에서 비로소 이루어짐. 1611년 11월 1일 밤에 국왕 극단이 화이트홀에서 공연함.</td></tr>
<tr><td>1611년</td><td>셰익스피어는 여럿이 공동 구입한, 소작의 10분의 1을 받는 스트래트퍼드에 소유한 땅에 관한 고등법원의 판결에 신경을 썼음.

『템페스트』가 만성제 날인 11월 1일 저녁에 궁정인 화이트홀에서 공연됨. 『겨울 이야기』가 11월 5일 궁정에서 공연됨(사이먼 포먼이 5월 15일 이 극을 글로브 극장에서 관람했다는 증언이 있음). 『맥베스』가 4월 20일 글로브 극장에서 공연되었다는 기록도 포먼이 남김.</td></tr>
<tr><td>1612년</td><td>셰익스피어는 5월 11일에 런던 법정에 크리스토퍼 마운트조이(Christopher Mountjoy)의 사위 스티븐 벨롯(Stephen Belott)이 장인에게 건 송사의 증인으로 섰음. 문제의 증언 기록에 의</td></tr>
</table>

하면 '워릭 지방 스트래트퍼드 어폰 에이본에 거주하는 48세의 신사 양반 윌리엄 셰익스피어'의 증언은 자신이 1604년에 마운트조이의 딸 메어리를 벨롯과 결혼하도록 중매를 선 것은 시인하면서도 메어리의 결혼 지참금(50파운드, 그리고 신부의 부친이 사망할 경우 200파운드를 더 준다는 사실을 유서에 넣는다는 조건)에 대한 합의 사항은 정확히 기억할 수 없다는 내용이었음. 요컨대, 이 증언 건은 1602년과 1604년 사이의 어느 때에 셰익스피어가 마운트조이 가족과 런던에 함께 거주했으나 1612년에는 스트래트퍼드에 살고 있었음을 추측케 함.

셰익스피어의 동생 길버트 사망(2월 3일 장례).

『헨리 8세*Henry VIII*』가 1612~13년에 어쩌면 플렛처(John Fletcher)와 공동으로 저작됨. 활자화는 F1에서 비로소 이루어짐. 최초 공연은 1613년 6월 29일 글로브 극장에서 있었음.

1613년
1월 28일 존 콤이 셰익스피어에게 5파운드를 유언으로 남김.

셰익스피어의 남동생 리처드 사망(2월 4일 장례).

3월 10일에 블랙프라이어즈 극장의 문지기 거처(Blackfriars Gatehouse)를 매입. 3월 24일에 있었던 제임즈 왕의 즉위식 기념 마상 시합을 위해 러트런드 경(Lord Rutland)에게 글귀를 넣은 마크를 만들어준 대가로, 3월 31일에 리처드 버비지와 더불어 각각 44실링을 받음.

글로브 극장이 6월 29일 『헨리 8세』 최초 공연 중의 화재(임금이 등장할 때 예포를 쏘는 장면에서 불꽃이 지붕에 떨어진 결과)로 전소됨.

『두 고귀한 친척*The Two Noble Kinsmen*』이 플렛처와 공동으로 저작됨. 1634년에 출판됨. 1619년경 궁정에서 공연된 것으로 보임.

1614년
셰익스피어는 웰컴(Welcombe) 소재 대지의 임대료와 10분의 1 소작료('lease and tithes')를 위해 일부 부동산을 수용당하지 않도록 제기한 소송에 관심을 기울임.

　필립 헨슬로와 제컵 미드(Jacob Meade)가 호프 극장(Hope Theatre)을 템스 강 남단 강둑에 건립함. 글로브 극장이 재건됨. 글로브는 1644년에 헐려 완전히 소멸되었다가 20세기 말에 동일한 장소에 복원됨.

1616년	셰익스피어의 차녀 주디스가 토머스 쿠위니(Thomas Quiney, 1589년생, 1655년 사망)와 2월 10일 결혼. 부친의 성을 세례명으로 받은 그녀의 아들 세례식(아들은 1617년 사망, 그해 5월 8일 장례)이 11월 23일에 있었음. 주디스는 1618년과 1620년에 리처드와 토머스라는 아들을 둘 더 두었으나 이들은 모두 미혼 상태에서 1639년에 사망함.

　셰익스피어의 석 장으로 된 그리고 장마다 서명 날인한 유서가 1월 25일경 콜린스(Francis Collins)에 의해서 작성됨. 이를 셰익스피어는 3월 25일에 수정했음.

　4월 23일 셰익스피어 작고. 4월 25일에 장례가 있었던 것을 고려하여 추정된 날짜임. 성 조지의 날이기도 한 이날을 그의 생신일과 마찬가지의 이유로 사망일로 간주하고 전통적으로 기념해오고 있음.

　누이 조운과 결혼한 매제 윌리엄 하트(William Hart) 사망(4월 17일 장례). 이 결혼은 스트래트퍼드 기록부에 기록되지는 않았으나 이들 사이에 태어난 아들 윌리엄이 1600년 8월 28일에 세례받은 기록은 있음. 조운은 3남 1녀를 두었으나 셋째 토머스(1605년 출생, 1670년 사망)만이 결혼하여 두 손자를 보았음. 현재 둘째 손자 조지(George, 1636년 출생, 1702년 사망)의 후손들만이 직계가 끊긴 셰익스피어의 가문에서 존속하고 있음.

1622년	『오셀로』가 1621년 10월 6일 판권 등록된 후 출판됨.
1623년	셰익스피어의 처 앤 해서웨이 사망. 그녀는 1555년 혹은 1556

년에 출생하여 1623년 8월 6일 67세를 일기로 사망함(장례는 8월 8일). 스트래트퍼드 교회의 성단에 묻힌 남편 곁에 안장됨. 남편 셰익스피어는 1616년 사망 때 남긴 유서의 마지막인 세번째 페이지에, 부인의 이름은 명시하지 않은 채 '나는 아내에게 내 두번째로 좋은 침대를 가구들과 더불어 물려준다'라는 문장을 수정 시 삽입해 넣었음. '두번째로 좋은 침대(my second best bed)'가 후세인들의 관심을 끎. '첫번째로 좋은 침대'가 아닌 그 말이 무슨 뜻이냐는 것이었음. 그러나 부부가 사용해온 가장 좋은 침대는 유언할 필요도 없이 아내가 계속 사용할 것이기 때문이란 해석도 가능할 것임. 그리고 법적으로 아내 앤은 남편 재산의 3분의 1을 갖게 되어 있었으며, 거주하는 집('New Place')에 계속 살 권리도 가질 수 있었음. 그녀는 11월 말에 나온 남편의 극전집은 보지 못하고 타계했음.

셰익스피어의 첫 극전집인 F1(Fist Folio, *Mr. William Shakespeares Comedies, Histories, & Tragedies*)이 11월 8일에 판권 등록된 후 간행됨. 이것의 2판, 3판, 4판, 즉 F2, F3, F4가 1632, 1663/1664, 1685년에 간행됨. 1664년의 3판 2쇄에는 『페리클리즈』『런던의 탕자*London Prodigal*』, 『토머스 크롬웰 경*The History of Thomas L(or)d Cromwell*』『존 올드카슬, 코브햄 경*Sir John Oldcastle, Lord Cobham*』『청교도 과부*The Puritan Widow*』『요크셔 비극*A Yorkshire Tragedy*』『로크린의 비극*The Tragedy of Locrine*』 등 7개 극작품이 추가되었음. 이 중에서 『페리클리즈』만이 18세기 여덟번째 셰익스피어 전집을 낸 조지 스티븐스(George Steevens)가 그의 전집(10 vols, 1773)에 수록한 이래로 셰익스피어의 정전에 올라 오늘에 이르고 있음. 따라서 셰익스피어의 극작품의 수는 F1의 36편에 『페리클리즈』가 추가되어 모두 37편으로 알려져 있음.

1626년　　셰익스피어의 외손녀, 곧 수재너의 외동딸 엘리자베스 홀이 4

월 22일 토머스 내쉬와 결혼.

1635년   셰익스피어의 사위이며 수재너의 남편인 존 홀 사망(11월 25일 장례).

1647년   엘리자베스 홀의 남편 토머스 내쉬 사망(4월 4일 장례).

1649년   6월 5일 엘리자베스 홀이 존 버나드와 재혼.
          셰익스피어의 장녀 수재너 사망(장례 7월 16일).

1662년   셰익스피어의 둘째 딸 주디스 사망(2월 9일 장례).

1670년   셰익스피어의 장녀 수재너의 외동딸 엘리자베스 홀 사망(2월 17일 장례). 엘리자베스는 소생 없이 사망함으로써 우리의 시인이며 극작가인 윌리엄 셰익스피어의 직계가족은 대가 끊기게 되었음. 남편 버나드도 4년 후인 1674년에 사망함.

세계문학은 국민문학 혹은 지역문학을 떠나 존재하는 문학이 아니지만 그것들의 총합도 아니다. 세계문학이라는 용어에는 그 나름의 언어와 전통을 갖고 있는 국민문학이나 지역문학의 존재를 인정하면서 그것을 넘어서는 문학의 보편적 질서에 대한 관념이 새겨져 있다. 그 용어를 처음 고안한 19세기 유럽인들은 유럽문학을 중심으로 그 질서를 구축했지만 풍부한 국민문학의 전통을 가지고 있는 현대의 문학 강국들은 나름의 방식으로 세계문학을 이해하면서 정전(正典)의 목록을 작성하고 또 수정한다.

한국에서도 세계문학 관념은 우리 사회와 문화의 변화 속에서 거듭 수정돼왔다. 어느 시기에는 제국 일본의 교양주의를 반영한 세계문학 관념이, 어느 시기에는 제3세계 민족주의에 동조한 세계문학 관념이 출현했고, 그러한 관념을 실천한 전집물이 출판됐다. 21세기 한국에 새로운 세계문학전집이 필요하다는 것은 명백하다. 우리의 지성과 감성의 기준에 부합하는 세계문학을 다시 구상할 때가 되었다.

문학동네 세계문학전집은 범세계적으로 통용되는 고전에 대한 상식을 존중하면서도 지난 반세기 동안 해외 주요 언어권에서 창작과 연구의 진전에 따라 일어난 정전의 변동을 고려하여 편성되었다. 그래서 불멸의 명작은 물론 동시대 세계의 중요한 정치·문화적 실천에 영감을 준 새로운 작품들을 두루 포함시켰다.

창립 이후 지금까지 한국문학 및 번역문학 출판에서 가장 전문적이고 생산적인 그룹을 대표해온 문학동네가 그간 축적한 문학 출판 경험을 바탕으로 새로운 세계문학전집을 펴낸다. 인류가 무지와 몽매의 어둠 속을 방황하면서도 끝내 길을 잃지 않은 것은 세계문학사의 하늘에 떠 있는 빛나는 별들이 길잡이가 되어주었기 때문이다. 우리가 자부심과 사명감 속에서 그리게 될 이 새로운 별자리가 독자들의 관심과 애정에 힘입어 우리 모두의 뿌듯한 자산이 되기를 소망한다.

문학동네 세계문학전집 편집위원
민은경, 박유하, 변현태, 송병선, 이재룡, 홍길표, 남진우, 황종연

지은이 **윌리엄 셰익스피어**

1564년 영국 스트래트퍼드 어폰 에이본에서 태어났다. 이후 런던에서 배우 겸 극작가로 활동하며 명성을 얻었고 국왕 극단의 전속 극작가로도 활동했다. 20여 년간 37편의 희곡을 발표했다. 영국이 낳은 최고의 극작가이자 시인으로, 모든 작품들이 시대와 장소를 뛰어넘어 가장 많이 공연되고 사랑받고 있다.

옮긴이 **이경식**

서울대학교 영어영문학과와 동 대학원을 졸업하고 서울대 영문학과 교수를 지냈다. 한국 셰익스피어 학회 회장을 역임했고, 현재 서울대 명예교수이자 국제 셰익스피어 학회 회원이다. 『셰익스피어 연구』 『셰익스피어 비평사』(상, 하) 『셰익스피어 본문 비평』 『셰익스피어 4대 비극』 『베니스의 상인』 등을 저작했고, 셰익스피어 4대 비극 번역으로 1997년 한국번역대상을, 『셰익스피어 비평사』로 2003년 대한민국학술원상을 수상했다.

세계문학전집 006

템페스트

ⓒ이경식 2009

1판 1쇄 2010년 12월 3일
1판 9쇄 2016년 4월 28일

지은이 윌리엄 셰익스피어 | 옮긴이 이경식 | 펴낸이 염현숙

책임편집 임선영 오동규 | 독자모니터 손은혜
디자인 송윤형 최미영 | 저작권 한문숙 박혜연 김지영
마케팅 정민호 이미진 정진아 | 홍보 김희숙 김상만 이천희
제작 강신은 김동욱 임현식 | 제작처 한영문화사

펴낸곳 (주)문학동네
출판등록 1993년 10월 22일 제406-2003-000045호
주소 10881 경기도 파주시 회동길 210
전자우편 editor@munhak.com | 대표전화 031) 955-8888 | 팩스 031) 955-8855
문의전화 031) 955-1927(마케팅), 031) 955-3560(편집)
문학동네카페 http://cafe.naver.com/mhdn
문학동네트위터 http://twitter.com/munhakdongne

ISBN 978-89-546-0907-4 04840
      978-89-546-0901-2 (세트)

www.munhak.com

● 문학동네 세계문학전집은 계속 출간됩니다